後列のひと

無名人の戦後史

清武英利
Hidetoshi Kiyotake

文藝春秋

はじめに

最前列ではなく、後ろの列の目立たぬところで、人や組織を支える人々がいる。役所の講堂や会社の大会議室に集められたとき、たいてい後列に位置を占める人たちである。威張って壇上からモノを言う人間を、後ろの方から凝視している群衆でもある。

そうした〝後列のひと〟の声を頼りに、私は記事やノンフィクションを半世紀近くも書いてきたのだが、私自身が学校や会社で耳にした壇上の演説や訓示はどれもこれも霞のように消え去ったばかりか、政治家や大企業の応接室、中央省庁のソファで取材した、いわゆるエライ人の言葉はほとんど心に残っていない。

鉄砲水被災地の泥沼、吹雪の原発予定地、村八分の選挙事務所、自動車工場の寮、企業城下町の長い一本道、電柱の陰、刑事のしもた家……そんなところで時に罵声を浴びながら聞き取った言葉が虚飾を剝ぎ取ったものであるとき、しばしば私は胸を衝かれて、その人の顔をじっと見上げた。

本書に記したのは、そんな場所で知り合った昭和から今に続く、人間とその家族たちの証言である。

十八編は一話ごとに独立しているのだが、それらは筆者の意図を超えて絡み合い、もつれ合っている。

例えば、第一話は事故死した戦闘機のテストパイロットと、創成期のロケット開発に携わった通称「ロケット班長」の親子の物語だ。その傍には打ち上げに失敗して躓き、開発の表舞台から去った「日本のロケット開発の父」の存在があり、その老博士を看取った愛人や弟子たちの第四話に続いている。

第二話と第三話、第六話と第十、十一話もそうだが、互いに引き合いながら人間模様を描き、後列から見た八十年近い戦後史を形作っている。

大きな何かを成し遂げたわけではなく、出世を遂げたというほどでもない。多くの見返りを求めないで、言葉少なに佇んでいる。共通しているのは、その人のことを思うと、心に温もりを感じることだ。

人は誰しもこの世界に生存の爪痕を残したいと思うときがある。しかし、生き急ぐ必要はない。良く生きた人生の底には、その人だけの非凡な歴史が残るものだということを、十八編の人生は物語っている。

後列のひと　無名人の戦後史◉目次

第三章　ススメ　ススメ　コクミン　ススメ

第六章　身捨つるほどの祖国はありや

本書は月刊「文藝春秋」2019年2月号から
2021年1月号まで連載された「後列のひと」（全24回）の
なかから18話を選び、加筆・修正したものです。
文中は敬称を省略しています。

装画
新目恵

装幀
征矢武

第一章

君死に給う

明治維新から七十四年目の一九四一年、日本は米英を相手に勝算なき全面戦争に突入した。中島飛行機の操縦士・林三男がテスト中に墜落死したのは、その翌年のことである。沸き立つ戦勝ムードのなかで死は日常のものとなり、開戦から三年後、南九州に秘匿の特攻基地が急造される。基地の近くでは、出撃前夜に飛行兵を慰労する〝特攻旅館〟が密やかに営まれていた。

第一話

隼とロケット班長
「失敗したら、すぐ忘れることです」

1

宇宙科学研究所元課長の林紀幸《のりゆき》は、「ロケット班長」と呼ばれてきた。ペンシルロケット開発に携わって以来、四百三十機以上のロケット打ち上げに立ち会い、退職後も「打ち上げ応援隊」を仲間と組織して、現場に駆け付けてきたからである。

ところが、喜寿を迎えたころ、はたと気付いた。

――俺は親父のことをまったく知らない。

空を見あげるようにして生きた自分が、その大空で散った父親のことを深く想ったことがないのだ。二人の娘を嫁がせた後、妻の江伊乃《えいの》を突然喪って、水底に沈んだような孤独の後に、その想いは不意にやってきた。

父親は林三男といって、旧中島飛行機株式会社のテストパイロットであった。一九四二年十月七日、一式戦闘機「隼」二型のテスト飛行中に墜落し、殉職している。まだ三十三歳である。

陸軍に制式採用された隼は、海軍の零戦と並び、日本が生んだ名戦闘機として世界に知られたが、当時は太平洋戦争に突入して約一年、米軍とのミッドウェー海戦で主力空母四隻と搭載機約二百九十機、それに数百人のベテランパイロットを一挙に失って、敗戦への坂を下り始めていた。

二男の紀幸はそのとき、まだ二歳八か月だったから、父の声も面影も記憶にない。だが、父の記憶がない理由はどうもそれだけではないようだ。母親のときは事故や父のことに触れたがらなかった。父の像は重く垂れこめた霧に包まれていた。

林紀幸さんとペンシルロケット

その父を想起した理由はもう一つあった。思いもかけず、父の追悼集を出版してもらうことになったのである。

始まりは、打ち上げ応援隊などを通じて知り合った飛行機や宇宙マニアの若者たちとともに、埼玉県にある所沢航空発祥記念館を訪れたことだ。隼の前任機である中島九七式戦闘機のレプリカが展示されるというのだった。

そのレプリカを見、記念館の二階で展示されていた勲章や記章類を眺めているうちに、林は

何気なく、

「うちにはこんなものがたくさんありますよ」

と漏らした。若者たちは声を挙げた。

「本当ですか！　ぜひ見たいです」

約十人の若者たちは、東京・下町の林の自宅に次々とやってきた。林はがっしりした肩幅と広い額を持ち、艶々とした口髭を光らせている。一見、強面の社長といった容貌なのだが、人見知りせず出し惜しみしないという気の良さで、「不屈の楽天主義」を笑顔で語るものだから、古い友達にも若者にも人気があった。

彼らは一人のときもあれば、四、五人が連れだってきたこともある。そのたびに林は押入れの奥や駐車場から遺品類やロケット開発資料を引っ張り出した。遺品類だけで段ボール箱三箱分はあり、それは長兄が保管していたのだが、亡くなった後で林が受け継いでいる。

その箱の中には、四人の子供や母に宛てた父の遺書があった。それに何冊ものアルバムとセピア色に焼けた父の写真類、講演録、殉職したときに中島飛行機の社内で集めた分厚い霊前集、遺稿集が収められている。帝国陸軍飛行機操縦者記章、満州事変や日中戦争の従軍記章、勲七等青色桐葉章などの勲章、それに墜落した隼の操縦桿や座席ベルト、パラシュートの紐まで入っていた。操縦桿の上部には隼の空戦フラップを操作するボタンが付いており、座席ベルトは腰部分のみの二点式で、事故の衝撃を物語るかのように真っ二つに切れていた。

「私たちだけが拝見してはもったいないですね」

樋口厚志という会社員は感じ入ったように繰り返し、三回も通ってきた。「これらを形にして残したいのですが」という彼の申し出を、林は快く受け入れた。

テストパイロットやその搭乗員として散った人々は、中島飛行機だけでもかなりの数に上る。特にパイロットは優秀な操縦技術と経験、沈着な気質を持ち、設計者の要求に最大限に応じるために特別に選抜された人々だった。

とりわけ、林三男は総飛行時間が二千七十四時間にも及び、戦時中は陸軍で三本の指に入るという操縦士だったが、撃墜王や特攻隊員として散華した人々に比べると、歴史の闇にひっそりと消えた死であったことは否めない。

そうしたテストパイロットに対する敬慕はむしろ、「オタク」と呼ばれる人々の間に息づいていたのだった。

林は遺品を引っ張り出し、父が自分たちきょうだいに残した手紙を改めて読んでみた。

〈昭和十五年五月二十七日夜

父、林三男

悟よ

美恵子よ

久美子よ
紀幸よ
父は護國の恒星と成つて天空に生きてゐる　汝等の名を胸に刻銘して、父亡き後は良く母に孝養を盡《つく》し、其名を恥かしめざる様　各々天分を延ばし國家に有為の人と成れ　父は常に汝等の上に在り、父の愛は永久なり〉

ときに宛てた手紙もあった。

〈妻に
良き妻であった事を感謝する
今後は母と冠せられた一事を絶對に忘れざる様
愛兒は余の分身なり　國事に盡せせしめるを以て本分とせよ
今日の日を徒《いたずら》に歎くでない
これが初めての事ではない
兄妹の縁を忘れざる様
後事の整理の上は速やかに伊勢に帰り
老母父の孝養と一生を托せ、更に心残す事無し

以上〉

二通の手紙は額縁の裏に納められていた。手紙の日付は殉職の二年前だった。

父はいつも死を覚悟していたのだ。一文字一文字を噛みしめ、父の講演録を読んでいるうちに、林は父の人生について関心を持たず、振り返ることもなく暮らしてきたことに思い当たって、胸が締めつけられるような苦しさを覚えた。

宇宙科学研究所を退職するまではロケットの打ち上げに、その後も講演会や勉強会などに奔走し、「父親」という存在についても考えたことがなかったのである。そこに遺品と父の魂があったのに、ぼんやりと眺めるだけで理解しようという気持ちがなかった。

――そうか、父は恒星になっていたのか。

恒星は、銀河のなかで自ら輝き、天空の一角でほとんど位置を変えない星だ。

それから樋口たちに背中を押され、父の人生をたどり始めた。

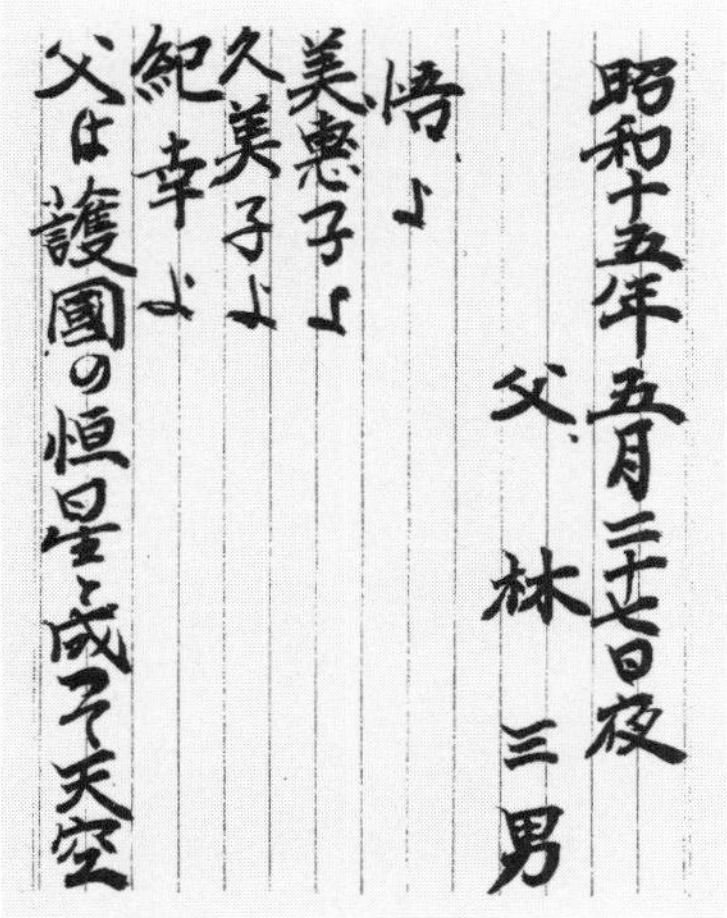
昭和十五年五月二十七日夜
父、林三男
悟よ
美恵子よ
久美子よ
紀幸よ
父は護國の恒星と成って天空

父・林三男さんの遺書

林三男は一九〇八年に、栃木県那須郡大田原町の大工の三男として生まれている。県立大田原中学校（現・大田原高校）を卒業後、逓信省委託操縦生に採用されて、大空への道を歩み出した。これは民間パイロットを陸海軍で養成する制度で、卒業すると二十歳で陸軍飛行第一連隊に入隊し、満州事変が起きた年に航空兵軍曹に、盧溝橋事件から日中戦争へと突入した直後に准尉に昇進している。

中島飛行機に入社したのは二年後の一九三九年、予備役に編入されると同時に群馬県新田郡太田町（現・太田市）にあった中島飛行機太田製作所のテストパイロットとなっている。事故までに搭乗した飛行機の種類は約五十種、総飛行回数が七万五百十九回、一〇〇式重爆撃機「呑龍」二型の試験飛行担任操縦士にも任命されていた。

樋口が編んだ追悼集は二〇一七年三月に、『追憶の空――陸軍航空兵・中島飛行機操縦士　林三男のアルバムと遺品より』という形で完成した。

そのとき、林は三男の足跡だけでなく、快活な人柄や静かな情熱についても多くの発見をしていた。

発見の一つは、父が合理的な思考の人だったことである。母校の講堂に立った講演要旨が残されている。その最後に、三男は「長々と述べましたが、この後を真剣に聞いていただきたいのです」と前置きして、学生に語りかけた。

「飛行機の操縦教育のみは決して合同教育ではなく、個人教育です。いざ有事の場合に一千機、二千機の飛行機は一か年に製作し得ても、一人の操縦者を失った場合には、優に五か年の日数を要します。現在、操縦者は真に少ないのです。戦闘機においても、偵察機においても、爆撃機においても、空中勤務に任ずるものは甚だ少ないのです。誠に尊い存在なのです」

林は父の強い言葉に驚いた。

——たぶん、父は、命を鴻毛《こうもう》より軽いとみる軍部と殉国の風潮に対して、強い危惧を抱いていたのだろう。航空機こそが戦争の帰趨を決め、対応を誤れば日本が焦土と化すことも知っていた。

そういえば、晩年のときがこんなことを漏らしたことがある。

「お父さんは、アメリカの物量には勝てない、と言っていたねえ」

林が読み進めた父の講演録の末尾にはこんな言葉もあった。

「空中勤務者が一時に消耗してしまったら、いかなる結果になるか想像に難くないと思います。もしわずか一時間の敵航空機の自由を許すならば、日本全土は完膚なきまでに爆撃を受け——我々軍人が戦死することは当然ですが——非戦闘員たる老若男女が戦火の犠牲

追悼集

になることは到底見るに忍びないものです」

発見の二つ目は、父が事故の約半年前に肺炎で入院し、「なお当面の安静を要する」と診断されていたのに、あえて復職していたことである。前述の霊前集によると、同僚や上司が、

「病には勝てないんですから、そんなに焦らずゆっくり静養される方が良いですよ」

と勧めたのに、父はこう応えた。

「俺はもうとっくの昔に死んでいるところなんだから、少しは無理しても構わんのだよ」

彼はそれまでにも試作機の不調に悩まされたり、双発機の片方のエンジンから油が噴き出して故障し、片肺着陸を強いられたりして、死の淵をたどって生き抜いてきた。

この日は連絡機に乗った後で、本来は他のテストパイロットも同乗する予定だった。紺の飛行服に黒い飛行靴、白のマフラーを巻いていた。三男は、

「今日は僕一人で行ってくるよ。事故でもあると、君の奥さんに悪いからな」

と言って仲間を笑わせている。そばにいた若い操縦士が、「私が乗りましょう」と帽子を取りに行った。だが、まだ戻ってこないうちに、片手に記録板を持ち、休憩場の仲間に、

「じゃあ、行ってくるから」

と言い残して、千切れ雲が流れる冷たい空へ一人で飛び立ってしまった。上州名物の空っ風が西から激しく吹き、砂塵がもうもうと立った。

墜落したのはその十分ほど後である。多くの人々が目撃していた。飛行課の社員は「中島飛行

機太田産業報国会」が出していた社内誌「報國」の追悼特集号にこう書いた。

〈突如異様な轟音を耳にしてはっと反射的に飛行場を見ると、瞬間きらきらと光るものが私の目を射た。そして急に飛行場は騒がしくなった。人々の叫ぶ声が強い風に高くなり低くなりつつ耳に響く。私は走った。むちゃくちゃに走った。人も走った。もしや、林さんではと不吉なものが脳裏をかすめる。近寄ってあっと愕然となる。あたりからすすり泣く声に暫し悲しみの黒幕に包まれた〉

テストパイロットや同乗者は、毎日が命懸けである。その緊張と不安は本人以外、家族が知るのみだ。ときが問わず語りに息子たちに残した言葉がある。その日には胸騒ぎがあった。

「お父さんを送り出した日の午後にね、家の玄関が開けられた瞬間、亡くなったのではないか、と感じたよ」

母もまた覚悟を秘めていたのだ。

試作機で命を失ったのはテストパイロットだけではない。中島飛行機の銅工、つまり金属部品の職工だった新井品治《しなじ》は、〈父は試験飛行で殉職した〉という一文を『銀翼遥か　中島飛行機五十年目の証言』（太田市企画部広報広聴課編）に寄せている。

〈昭和二年から三年にかけて中島飛行機はN—36旅客輸送機の試作をやっていました。私のおやじも運転系統の仕事をしていたので、この飛行機の試作に携わっていましたが、その試作一号機が昭和三年五月四日に墜落事故を起こしたのです。

その日は乗客に見立てて七人を乗せて尾島飛行場を離陸、その直後に墜落したそうです。機体を立て直すのに必要な高度がなかったのかもしれません。操縦士を含めて八人全員が殉職、おやじもその中の一人でした。三十八歳の若さでした〉

大惨事である。だが父親の死と事故についての記述はこれだけで、事故に対する非難めいたものは見つけることができない。新井の文章からにじむのは、エンジンカバーやガソリンタンクを作る際、兄弟子から木槌で殴られたりする厳しい徒弟制度と原始的な手作業の苦労であり、工場の組長や班長が給料日に職工たちから金を吸い上げるような上司や慣行への憎悪であった。

文章はこう締めくくられていた。

〈仕事で楽しいことはありませんでした。でも、自分が歩んできた道を今更悔やんでも仕方がないと思います。これが私の一生ですから、これでよかったのだと思います〉

淡々とした文章が、戦争の時代の乾いた空気と過酷な戦時下労働に耐える職人気質を伝えている。

林の三つ目の発見は、父は隼二型試作機に異常を感じた後、街中と人家を避けて飛行場に戻ろうとし、それで脱出の機会を失った、という複数の証言である。

中島栄という社員は霊前集に〈極度に浮力を失った機体で、強風の中、飛行場の上空にたどり着いたがついに力尽きた。あの体勢でよく頭を飛行場に変えられた。あの技は神業じゃなくて何であろう〉という趣旨の一文を寄せた。

こうした記述は、林の心を誇りでいっぱいに満たした。

――父は最期まで仕事をしたのだ。

しかし、事故がなぜ起き、隼がどう改善されたのかについては、その後も公にされることはなかった。郷里の大田原市で執り行われた林三男の二十回忌では、追悼文に〈機体の空中分解により〉と記されているだけである。

2

この隼の設計に加わったのが、戦後、日本のロケット開発の父と称された糸川英夫であった。糸川は東京帝国大学工学部航空学科を卒業後、中島飛行機に入社して設計部に加わっていた。九七式戦闘機や隼の後継機である二式戦闘機「鍾馗」、九七式艦上攻撃機、一〇〇式重爆撃機「呑龍」の設計にも携わっている。

糸川は入社式から十日間も会社に現れない変わり者だった。「どういう飛行機を作ったらいいのか、それは操縦する人に聞くべきだ」と言って、林三男らテストパイロットをマージャンに誘い、しばしば給料を巻き上げられた。

その糸川の自宅を、林と母親が訪れたのは、父の墜落死から約十五年後のことである。林は高校生、糸川は東京大学生産技術研究所の教授で、初対面だった。

父の葬儀の後、林一家五人は遺言通り、三重の母親の実家に身を寄せていた。林は三重県立宇治山田商工高校（現・宇治山田商業高校）の機械科を卒業する間際だったが、のんびりした性格だったうえに就職難だったから、進む道を決められずにいた。そのとき、東京の渋谷に住んでいた父の姉が糸川と三男の交遊を思い出し、「就職の斡旋を頼んでみよう」と言い出したのである。

ところが、糸川の紹介で、中島飛行機の後身の一つである富士精密工業を受験したところ、不合格になってしまった。林は糸川のところに「申し訳ありません」と挨拶に行った。

糸川は渋い顔で、

「富士精密も困ったもんですね。ちゃんとよく頼んどいたのに」

「先生に頼んでもらっても落ちるようだから、僕は相当悪いんですよね」

「うーん。まあ、そうですかね」

笑いながら糸川は続けた。

「ところで今、僕はロケットを始めてね。君もロケットやらないか？」

糸川が通っていた東大生産技術研究所は千葉市内にあった。彼はそこに通称「糸川研究室」を設け、ロケットの飛翔実験に明け暮れていた。といっても、開発のスタートはその三年前で、それも直径一・八センチ、全長二十三センチ、わずか二百グラムのペンシル型ロケットにすぎなかった。そこから全長百二十センチのベビーロケット、カッパ（K）型と次々と打ち上げていく。

就職口のない林は、渡りに船と飛びついた。

「じゃあ、使ってください」

「四月一日から、ここにいらっしゃい」

実のところは、糸川も知識ゼロのところから開発を進めており、人材というより人手がいくらでも欲しかったのである。

林がそこで知り合った垣見恒男は、富士精密の新入社員だった。垣見は社命でしぶしぶロケット開発に加わり、やがて糸川の右腕と呼ばれるようになっていく。垣見は東大第一工学部卒だが、彼でさえ、最初に「ロケット（rocket）をやれ」と糸川から指示されて、「なぜ、俺が女のロケット（locket＝ペンダント）を作らなければならないんだ」と首を傾げるくらいだったのである。

しかたなく、垣見は糸川に尋ねた。

「ロケットとは何ですか」

すると、糸川は言い放った。

「僕にもよくわからん。だから、君が勉強しろ」

当時の東大生産技術研究所は五部に分かれ、一部が基礎関係、二部は自動車や精密機械、三部が電気、四部が化学・冶金、五部が建築・土木と、様々な分野の専門家が揃っていた。その人たちをまとめ、高い目標を指し示して鼓舞し、力を結集させてロケットを作り上げたのが糸川である。天才科学者というよりは、有能な人材を使いこなす、優れたプロジェクトリーダーだった。

ちなみに富士精密は、プリンス自動車工業、日産自動車を経て、ＩＨＩエアロスペースと形を変えた今に至るまで、宇宙開発の核となって日本のロケット開発を支え続けた企業である。富士精密に入社できなかった林は、父親に導かれるようにして、糸川研究室の〝ロケットボーイズ〟に加わることになった。

一九五八年四月一日、詰め襟の学生服を着た林が、研究室で最初に指示された仕事は、石炭のダルマストーブの煙突掃除である。初任給が七千五百円だったが、十八日後には秋田県道川海岸のロケット実験場に出張させられ、出張経費としてその六倍の四万五千円をもらった。

うどん一杯が二十五円の時代で、半分以上は浮いた。それを告げると、糸川は「残ったカネも君のもんだ」と言った。彼は隼の事故について語ることはなかったが、設計に関わった責任は感じていたのだろう。林をかわいがり、面倒を見続けた。

林の仕事は実に雑多で、ロケット推進薬を秤で量ったり、花火師のようにそれをかき混ぜこねまわしたり、燃焼試験の手伝いをしたり、そうかと思えば、二万円を渡され、ハイヤーに乗って焼き鳥を買ってくるように指示されたりもした。言いつけ通り、東京・永田町の国会議員会館前に届けると、糸川は香り立つ焼き鳥を三、四袋受け取って、

「いやあ、こういう仕事までさせて悪いな。だけど、これでロケットの予算が増えるんだよ」

そして、やがて総理の椅子に就く田中角栄や自民党副総裁となる二階堂進の事務所に消えていった。敗戦から十数年の日本で、ロケット研究の最大の難関は研究費の入手であった。

焼き鳥は大蔵省や文部省にも持っていった。文部省に行くと、エレベーターが来るのを待たず階段を一気に駆け上がっていく。そして、自分たちのプロジェクトがいかに大事か、ということ

を官僚たちに滔々と論じた。はったりを交えながら。「糸川が頭を下げると、科学研究費が増えていく」と言われた。小難しい話をかみ砕いて説く話術の天才でもあった。

　林は面白くて仕方なかった。ああでもない、こうでもないと言い合い、ここのねじが真っすぐついていたらいいのか、こっちについていたらいいのか、一個ずつ手作りでロケットをこしらえる。林が加わって約二か月後には、K―6型が高度六十キロに達し、その後K―8型が電離層に届いて宇宙空間の直接探査の道を拓いた。K―9型は高度三百十キロに駆け登り、人工衛星打ち上げは手の届くところまできた。

　多い年は一年に四十五機も飛ばし、批判と危険と紙一重のはざまで模索した。K―8型10号機は発射直後に爆発して道川海岸に墜落している。二段目は海中から実験場に飛び込んで一帯は火の海になった。招待した政府関係者や新聞記者たちは度肝を抜かれて逃げまどい、最前列の林が砂浜に伏せながら見ると、糸川が坂道から転げ落ちた。

　打ち上げ班は、ロケット発射の前に必ず全員で記念写真を撮ったが、それは爆発して死者が出たときに確認する必要があったためである。そして、なんとしてもうまくいってくれ、というときは、ロケットのそばにお神酒をあげていた。この世の中には科学で解明できない部分がたくさんあるのだ。

　爆発事故直後、結婚した林には、本田技研工業に移る話が持ち込まれた。給料は三倍になるという。糸川に相談に行くと、「それはいいですね」と言った。

「だけど林君、こんな面白い仕事はもうないよ」

――そうか、その通りだな。

林は糸川のその一言で転職をやめてしまった。薄給でも、仕事は面白いかどうかで決めるべきなのだ。

一方で、ロケット開発は悪戦と挫折の連続であった。糸川は次のラムダ（L）型で人工衛星打ち上げを狙ったが、二度も実験に失敗し、激しい批判を浴びて一九六七年に東大を去っている。だが、林は生産技術研究所の後身である東大宇宙航空研究所に踏みとどまった。三年後、L―4S―5号機で、わが国初の人工衛星「おおすみ」誕生の瞬間に立ち会っている。その日は林の三十歳の誕生日で、「俺はやっぱりロケットとともに生きていくんだな」と思ったものだ。

そのとき糸川は中東のクウェートとサウジアラビアの国境あたりを旅行中で、車の中でアラビア人運転手からそのニュースを聞いた。この頭上を回っていると思うと、万感胸に迫り、不覚にも涙が出たという。彼と親しかった元東大総長の茅誠司《かやせいじ》は感激のあまり号泣したというが、糸川の涙は後で作った話ではないか、と林は思っている。

「だいたい、後ろを振り返る人ではなかったし、そのときだって、もっと先のことを考えていたのではないですか。それに『万感胸に迫る、というのはああいう時をいうのでしょう』と自分で書いているけれど、ちっとも先生らしくない。落ちたロケット、失敗した過去のことをぐちゃぐちゃ言ってもしょうがないじゃないですか。失敗したら、すぐ忘れることです。糸川さんにはそう教えられたし、禅の世界にも放下著《ほうげじやく》という言葉があります。捨て去ることですよ」

糸川は「見えるものはみな過去のもの」と教えた。

彼が決して過去を振り返らなかったのは弟子たちにはよく知られたことだった。弟子たちが還暦の祝いを計画したが、「そんなものに出席はしない」と前日に電話をかけてきて、大慌てさせたこともある。

ただ、その林自身は糸川のことを忘れなかった。

退官後、六本木に「組織工学研究所」を設立した糸川に対し、鹿児島に移った実験場から電話で打ち上げ実況中継をしたのは林であったし、糸川が八十六歳で亡くなったとき、火葬場で骨を拾ったのも彼である。父の三男よりも四つ年下の糸川に、親父の姿を重ねていたのだろう。

彼は宇宙科学研究所観測部企画管理課長として、開発の工程を管理する一方で、ロケットや打ち上げ現場を点検する監視役であった。その林が退官したのは、糸川が亡くなった翌年である。それから講演会や学生へのセミナーなどで、ロケット評論と糸川の時代を語り伝えている。

林はよく空を見あげる。

父が散った日は木々の葉がちぎれ飛ぶような烈風だった。秋晴れの空は高く澄み渡って、天の果てまで見えるようであったという。

その大空のはるか向うで、糸川にちなんだ小惑星探査機「はやぶさ2」が、微小小惑星

「1998KY26」に向かっている。はやぶさ2は二〇二〇年末に小惑星「リュウグウ」の砂を地球に届けた後、追加探査に戻ったのだ。次の目的地到着は二〇三一年だという。

糸川や林たちが人生を賭けたロケットはいま宇宙を走り、新たな夢を拡げている。

林たちの仲間は、「亡くなった者は宇宙旅行に行った」ということにしている。糸川は旅立ったが、林が宇宙旅行に出かけるにはまだ早い。

父の遺品は整理がついたから、今度はペンシルロケットなど糸川の遺品を、次のロケットボーイズに託したい、と思っている。

第二話　特攻旅館の人々
「明日、仏さまにないやっとごわんど」

1

なだらかな坂を、朧雲《おぼろぐも》のように桜並木が覆っていた。幅四メートルのその坂を登り切った先に、二階建ての割烹旅館「飛龍荘《ひりゅうそう》」はあった。

二十九歳の板垣豊がその玄関をくぐったのは、一九六〇年ごろのことである。東京から千キロ離れた鹿児島県加世田市（現・南さつま市）にやってきたのは、仕事のためではない。女を追いかけてきたのである。

旅館の玄関には、板垣の背丈を超える大きな柱時計が設えられていた。奥に大きな帳場がでんと控えていて、女中たちが忙しそうに立ち働いている。黒光りする板の間は、おからを包んだ木綿布で磨かれているのだ、と後で聞かされた。

――これはたいした旅館だ。

板垣が追い求めた女性は、この飛龍荘の一人娘だった。山下レイ子という。彼女は家業のことや、飛龍荘がただの老舗旅館ではなかったことを、板垣には話さなかった。心に秘めたそのわけを、板垣はこの地で少しずつ理解していく。

二人が出会ったのは東京の羽田である。

板垣は一九三一年に山形県楯岡町（現・村山市）に生まれた。父が日本生命保険から三菱鉱業に転職したことで産炭地の樺太に渡り、ソ連軍の侵攻の後、終戦を迎えた。ようやく引き揚げたのは二年後だ。現在の山形県東根市にあった駐留軍神町駐屯地運輸課に就職をしたが、二十八歳のときに駐屯地が閉鎖されたため、新聞広告で見つけたＫＬＭオランダ航空日本支社に職を見つけていた。

一方のレイ子は加世田に生まれ、鹿児島県庁秘書課に勤めた。だが、鹿児島県立短期大学家政科で学び直すと、単身上京している。勝ち気で向上心に溢れた女性だったのである。新たな勤め先は羽田空港近くに唯一つあったレストランで、店長を任されていた。そこに板垣が毎日のように食事に来て、同い年のレイ子を見初めたのだった。

ところが、レイ子は板垣の求婚を断り、実家に帰ってしまった。

すっきりと背が伸び、大きな瞳の美人だったから、他にも「この男はどうか」と仲立ちしようとする人がいた。だが、身持ちの固い彼女は（こんなことで浮ついていていたらいけない）と思っていて、板垣にこう告げた。

「わたくしは結婚しません。わたくしの心はいま、母にしか向いてませんからね」

母とは、飛龍荘の女将・山下ソヨのことである。その母のそばにいて手伝いたい、という気持が、レイ子には強かったのである。

だが、引き寄せられるように飛龍荘の門をくぐった板垣は東京に戻らない。レイ子が気付いたら加世田に居着き、毎日、飛龍荘に通ってきては風呂焚きや手伝いをしていた。板垣はその直前に、プロペラ機の整備中に翼の上から滑り落ちて怪我をし、長期休職をしていたのだった。

板垣豊さんとレイ子さん

半年もすると、彼は図々しく飛龍荘の母屋に入り込み、主である山下藤吉やレイ子の兄たちと食卓を囲んでいた。すっかり気にいられたのだ。彼はがっちりした体つきだが、腰が低く、角ばった顔に溶けそうな笑顔を浮かべていて、どこから見ても悪さをするような男には見えなかった。それで家族は警戒心を解いて、のんびりと言い合った。

「板垣さん、何で帰らんのか」

「何でかねえ」

レイ子も、（この人はいつまでここにいるつもりなの）と思っていた。

一方の板垣は、母娘が進んで語ろうとしない重いものに気付いていった。

それは飛龍荘が太平洋戦争末期に旧陸軍に借り上げられ、特攻隊員宿舎となった過去である。十五年前の胸をえぐられるような思い出が、食事や仕事の合間に、ぽつりぽつりと家族の口からこぼれ出た。


飛龍荘に近い薩摩半島西岸の吹上浜《ふきあげ》には、一九四三年から翌年にかけて、急ぎ建設された万世《ばんせい》飛行場があった。終戦の半年前、そこへ約十五キロ離れた陸軍知覧《ちらん》基地の航空燃料が移送されてくる。

地元では、「万世飛行場は遠からず福岡の大刀洗《たちあらい》陸軍飛行学校の分校になる」と言われていた。町長たちは戦争が終われば民間空港に、という夢を描いていたから、住民総出で建設に協力したのだが、否応もなく沖縄特攻の前進基地となってしまった。

四五年三月、第一陣の陸軍飛行六六戦隊が飛来し、翌月には陸軍の特攻振武隊が万世基地に配置された。そして将校が飛龍荘にやって来る。

「明日は神様になる隊員が、万世基地の三角兵舎にごろ寝しているんだ。あぶれた者もいる。かわいそうだから、おたくに少し入れてくれないか」

隊員はまだ十七歳から二十歳そこそこの若者ばかりである。

旧式の九九式襲撃機や一式戦闘機「隼」を駆って、彼らは旧満州の部隊や大刀洗、知覧基地などから飛来し、すぐに沖縄の米軍艦艇へ突入していく。それは特攻作戦を提案した中将・大西瀧《たき》治《じ》郎《ろう》自身が認める「統率の外道《げどう》」だったが、軍部は全軍特攻へと最後の賭けに出ていた。

飛龍荘はかつて従業員が三十人もいた大旅館である。それが二階に将校が泊まり、一階は特攻隊員が散華の前夜に宴を張る宿舎となった。特攻旅館になったのだ。といっても、漁船は米機の機銃掃射を浴びるから漁もままならない。乾燥鶏卵をぬるま湯で戻して焼いたものでもご馳走だった。丼に白飯を盛り、みそ汁に野菜を浮かべ、おかずを工面して二の膳を付けた。

もっぱら世話をしたのがソヨだった。彼女の長男も出征し、二男と三男も学徒出陣をしている。隊員たちは彼女を「お母さん」と呼んで、最後の温もりを求めた。そして明くる朝、飛龍荘の玄関先にパーンと盃を叩きつけ、勇み立って軍のトラックで出立していった。

十四歳のレイ子は、死にゆく者と、彼らに寄りそう母たちの一部始終を見守っていた。

母・山下ソヨさん

板垣が聞いた話によると、毎日のように十機から二十機が万世基地から出撃し、飛龍荘には軍の遺留品係を含め、約四十五人が寝起きした。

ある夜、ソヨは婦人会の女たちと、炊事場で出撃用のおにぎりを作っていた。出撃前日の青年が二階から降りてきた。そばにいたレイ子の記憶では、倉田道次という少尉だった。

「それは誰が食べるの」

「みなさんが……」

奉仕隊の一人が小さな声で答え、もう一人が「あなたたちが、持って行くと、聞いていますす」と途切れ途切れに言った。倉田の声は穏やかだった。

「もう遅いからそんなことをしないで、早くお帰り下さい。それを食べる時間には僕たちはもう生きていません……」

出撃後、二、三時間で彼らは沖縄の敵艦に突入するのだ。倉田はまだ二十二歳である。

「だから作らなくてもいいよ。残った人たちに食べさせてあげて下さい」

女たちは黙ってうつむき、ぽたり、ぽたりと涙がおにぎりに落ちた。それを見て倉田は「塩はいらないね」と笑った。

女たちは泣きながらおにぎりを作り続けた。沈黙を恐れるかのように、彼は大声で歌を叫んだ。昂ぶる気持ちを抑えているのが痛々しかった。

玄関の柱時計を見て、呟いた隊員もいる。

「あの針がここを指す時には、僕たちはもうここにいないんだね」

ソヨには、若者が心底で肉体の飛び散るぎりぎりの時間まで生を希求していることが分かっている。息子のような彼らをかばうのも、彼女の役目だった。出撃前夜に、将校が特攻隊員の頬を張るのを見かけたことがある。隊員のいないところで、彼女は将校に薩摩弁で食ってかかった。

「なんてことすっとですか！　あん人たちは明日、仏さまにないやっとごわんど（なられるんですよ）」

彼女たちが見聞きした話は、兵隊たちから固く口止めされてきたことである。その重い口を開かせて話を聞きながら、飛龍荘で板垣の一年が過ぎた。

とうとう板垣は山下夫妻に、「何としてもレイ子さんをいただけませんか」と頭を下げた。ソヨはこっそり、「あまり律儀な人は良くないよ。ざっくばらんな人がいい」とレイ子に言ったが、レイ子は板垣をすっかり気の毒に思うようになっていた。同情は愛に近い、という。そしてとうとう、結婚にこぎつけた。

KLMに復職をして半年後のことである。「飛龍荘を継いでくれないか」と、板垣は山下夫妻から求められた。すると、レイ子が強く反対した。

実直すぎて板垣には向いていない、と彼女は言う。

「商人には会計と集金が大事なんですが、『支払いを延ばしてくれ』と先方に頼まれると、この人は『そうですか』と言ってしまう人なんですよ」

レイ子は男ばかりの六人兄弟に紅一点で快活に育ち、反対に板垣は姉妹六人に囲まれ、行儀作法から裁縫まで躾けられてきた。

「性格も正反対で、私は『あっはっは』って笑いますけど、主人は『うっふっふ』ですから。私がO型、主人がA型なんです」

ただ、板垣の考えは少し違う。

「彼女の本心は、戦時や飛龍荘の思い出の中に埋もれたくなかったのではないでしょうか」と彼は言うのである。

それでも彼女の好きな花の季節になると、当時の思いが蘇ってくるようだ。桜時には、「あの切り枝を下さい」と求めた若い隊員の話題になる。

「早朝、玄関先をトラックで出発される方々が言うんですよ。桜花のように潔く死にたい、と自分で折る人もいました。涙が絶えない日々だったね、と母は言っていました」

梅雨が近づくと、彼女は別の光景を思い浮かべるという。母と一緒に中庭を通り、離れに戻ろうとしたときのことである。隊員が一人、庭にたたずんで青い紫陽花を眺めていた。例年より早く満開を迎えた五月だった。ソヨが話しかけた。

「紫陽花がお好きなんですか？」

「はい、実家の庭に同じ色の紫陽花がありました。母が大好きでした」

「そうだったの」

そんなやり取りが聞こえた。翌朝、レイ子が旅館の洗面所に向かうと、紫陽花がコップに挿してあった。あの隊員は朝暗い中を出立している。

彼が最後に見た美しいものが、母の活けた紫陽花だったのかもしれない。その藍色が切なくて、レイ子は立ち尽くしてしまった。

2

板垣が飛龍荘を訪れてから十年後、レイ子の胸を揺さぶるもう一人の男が現れた。苗村七郎と名乗った。大阪の天満橋などで民芸そば茶屋や串揚げ屋を営んでいるが、もともとは特別操縦見習士官の一期生だった。いきなり加世田市役所に現れた彼は、自分は六六戦隊の少尉として万世基地に飛来し、特攻機を護衛していたのだ、と言った。

「けれども、万世基地は滑走路跡どころか、その名前までも幻のように消えています。ここから散華して行った仲間のために、万世の記録を掘り起こしたいんです」

その手掛かりを求めて再訪したのだという。

彼は関西大学の航空部主将を務め、学生時代から有名なパイロットだった。その技量を惜しむ上官がいたのだろう、戦友たちが特攻に散っていくなかで、彼は待機や飛行機調達を命じられ、終戦を迎えている。

苗村は市の収入役のもとに現金三十万円を託し、「慰霊碑の建設資金の一部に使ってもらえませんか」と申し出た。大卒男子の平均初任給が五万円に満たない時代だから大金である。これが二十三年後に実現する「万世特攻平和祈念館」の最初の寄付となった。

その最初の賛同者がソヨであり、板垣夫妻である。

藤吉は既に亡くなっており、苗村はたまたま東京から加世田に帰省していた板垣を見つけると、堰を切ったように万世基地の出来事を語り始めた。

彼の所属した陸軍飛行六六戦隊はもともと二百二十人で編成されていたが、三割が戦死したこと、すべての事情を知る戦隊長は自決し、隊員は他郷の人々が多かったこと、防衛庁戦史資料室には「萬世飛行場記録」や飛行場要図ぐらいしか残っていなかったこと、だから自分たちが全国の遺族を回って、秘匿された基地の全貌を明らかにするしかないこと……。

三時間も四時間も語り続ける異様な情熱に、板垣は圧倒されてしまった。

——この人は死に遅れたのだ。戦友に逝かれてしまった、という負い目に苦しんでいる。

そして、全国を訪ね回る「自分たち」とは、なんと苗村の妻と板垣自身であることにびっくりし、やがてこれも運命だと思うようになった。

苗村や板垣の動きが地元紙に報じられると、全国の遺族や元隊員たちから情報の提供や募金の問い合わせが殺到した。すると、東京の板垣のもとに、苗村からのべつ幕無しに電話がかかってくる。

「板垣君、あそこへ行かなあかんぞ」

「遺品整理を頼む」

「連絡をよろしく」

板垣は頼まれれば断れない性分である。金曜の仕事が終わると、遺族から聞き取るために各地に飛んだ。航空会社勤務だったから飛行機代だけはタダで済んだが、残りはすべて自腹である。苗村は祈念館建設までに一億円とも言われる私財を投じた。サラリーマンの板垣も、レイ子が心配するほどカネを使った。

失われた特攻基地の記録と証言は、そうして収集されてきたのだった。

二人が突き止めた万世基地の犠牲者は計二百一人（万世飛行場沖で戦死した海軍特攻隊員などを含む）。このうち士官学校出身者は大尉三人、中尉三人、少尉三人の九人にすぎなかった。ほかにも将校が三十一人いたが、すべて二十歳そこその予備役少尉で、それ以外は准士官、下士官、少年飛行兵である。

飛龍荘の前で。右から苗村七郎さんと山下夫妻

一方、彼らが所属していた第六航空軍支配下の沖縄特攻戦死者の総数は六百三人に上るが、そのうち十七歳から十九歳までの未成年者は全体の三割にも達している。つまり、沖縄特攻は学徒兵など予備役と未成年が中心となっていたのだった。それを象徴する一葉の写真がある。

敗戦八十一日前の一九四五年五月二

十六日、特攻を翌日に控えた第七二振武隊の五人の伍長が子犬を抱き、あるいは笑いかける瞬間を朝日新聞特派員が撮影した。飛行服の彼らは十七歳と十八歳の少年飛行兵である。

子犬を抱いた荒木幸雄伍長がはにかむような微笑を浮かべ、その右側から千田孝正伍長が手を伸ばしている。それは少年兵の純真と戦争の非情を一瞬のうちに物語る写真として、知覧特攻平和会館に展示され、映画の宣伝などに使われてさらに有名になった。出撃地も撮影場所も「最前線の某基地」としか明らかにされていなかったが、その場所が知覧ではなく万世であったことも、二人が証明した。

板垣は言う。

「一片の遺骨も残さない特攻兵や遺族にとっては、離陸したところが死地であり、戦死した場所なのですよ。飛龍荘の家族として、そうした墓標を正確に突き止めて、弔って差し上げたいという思いがありましたね」

万世基地が忘れ去られた理由の一つに、旧日本軍と地元役場が軍事関係書類のすべてを焼却したことが挙げられる。敗戦直後、飛龍荘にも係員がやってきて、帳簿から隊員の遺書、遺品、レイ子の机の引き出しの中身に至るまですべてを持ち去った。その中には、彼女が五人の少年兵の一人だった千田からもらった形見も含まれていた。

終戦の一か月後、今度は米軍海兵隊宿舎として飛龍荘は接収されている。山下夫婦は近所の人から「あなたのうちは特攻隊がいたから皆殺しにされる」と告げられ、レイ子だけが米を担いで山中の民家に隠れた。それを知った米軍の指示を受け、恐る恐る戻って来た。

飛龍荘の中庭に足を踏み入れる。すると、二階から海兵たちが顔を出して陽気に囃し立てた。

「ヘーイヘーイ、ガールガール！」

と聞こえた。米兵たちが「視察」と称して学校にジープを乗り付けてきたこともある。

「ヘイ、レイコ！」

と教室で声をかけられ、恥ずかしくて顔を上げられなかった。しばらくして、米軍兵士がソヨとレイ子を二階に呼び、地図を広げて見せた。薩摩半島や大隅半島の軍事基地に印があった。万世や知覧、そして「ママさんハウス」と指した飛龍荘にも二重丸が記されている。秘匿基地も、ここが特攻隊員宿舎だったことも知られていたのだ。

——それでうちのそばにあんなに大きな爆弾が落とされたのか。

レイ子はぞっとした。加世田には四つの二百五十キロ爆弾が投下され、そのうちの一つは飛龍荘に近い土手に、天井よりも高い大穴を開けている。

二年後に接収が解除されたが、土足の米兵が帰った後の建物は傷んでいた。気づけば桜も一本枯れている。特攻隊員が手折っていった桜だ。そこに生えたキクラゲを見て、「これは特攻隊の人たちのあれだねえ」とソヨがしんみりと言った。

飛龍荘はその後、割烹「柳月荘」と名前を変えて細々と営業を続けたが、ソヨが高齢となったため九一年に廃業し、九四年には解体されてしまった。

ソヨは晩年を東京の板垣夫婦の家で過ごした。犬を抱いた少年兵の写真を仏壇に飾り、毎朝祈りを捧げた。テレビで若者の自殺が取り上げられると、

「あぁ、もったいない。命を自分で捨てるって。その命を亡くなった特攻隊の人たちに差し上げたい」

そう嘆いては、娘夫婦に説いた。

「平和がいいねえ。穏やかにしなさい。人生はいいことばかりはない。赤い糸と白い糸を撚《よ》ると、赤が出てきて白が出て、また赤が出てくるよ。いいことばかりはない。悪いことばかりもない」

ソヨは二〇〇一年に九十七歳でこの世を去った。万世の特攻平和祈念館の建設に尽力した苗村もその十一年後に亡くなって、板垣は『同期の桜』の曲と万歳三唱で、斎場から見送った。

板垣はさらに万世特攻平和祈念館の前庭に苗村の顕彰碑を建立し、万世特攻慰霊碑奉賛会の理事を務めたり、四月の慰霊祭に毎年参加したりして、いまも万世特攻隊員たちの慰霊に尽くしている。

レイ子は半世紀に渡り日記をつけてきた。時に穏やかな気持ちで、時に乱れた文字で書いた日記は数百冊に上る。あの悲しかった出来事も、その中にあった美しい思い出も、夫に対する不満も、すべて日記が飲み込んでくれた。

だが、最近になって気が付いたことがある。どうもレイ子の不在中に、夫が日記を読んでいる

のではないか、という疑念が拭いきれないのだ。その隣で板垣が気まずそうに俯いている。

「だからね、私、最近、暗号で書くようにしたんです」

あっはっはっ、とレイ子の快活な笑い声とは対照的に、板垣が静かに笑った。その後ろの仏壇では、ソヨと五人の少年兵たちの写真が夫婦を見守るように佇んでいる。

犬を抱いた少年兵たち。前列右から千田孝正、荒木幸雄、早川勉の各伍長、後列右は高橋峯好、左は高橋要の各伍長。

第三話

勲章はいらない「人間に生まれ変わりたくありません」

1

矢内清六《やないきよむ》はこの春も東京に出てきて、銀座の小さな画廊にじゃがいもの絵を飾った。三十歳のころから毎年、じゃがいもを描き続け、八十六歳になった。

画廊には、玉葱や柘榴《ざくろ》、林檎、鬼灯《ほおずき》などが、額に切り取られて並ぶ。華やかさはない。そこに静かにあるだけだ。前年の個展はコロナウイルス感染が拡大する直前で、二〇二一年は感染が一時おさまったころに、ささやかに開いた。通りがかりの人々が、アクリル塗料と鉛筆で精緻刻明に描かれた絵に顔を寄せ、溜息をもらしていた。

まめやかという言葉そのものの作品と矢内の人生である。五年前に逝った妻の一枝は、栃木の地方誌に「我が凡夫」と題してこう書き残した。

〈北窓のアトリエは、冬になると大変に寒い場所になります。暖房をしないで、毛布にくるまったダルマの様な恰好での仕事が毎日続きます。大晦日の夜にも『明日《あした》も同じだよ』と云われます。

永く絵を描いて欲しいと思います〉

　栃木市の自宅は平屋だが、アトリエだけ天井が高い。白壁に囲まれた簡素な部屋は、北窓からすりガラスを通して、自然な陽光だけが入るように設計されている。暖房も冷房もない。妻が見たように、冬は毛布にくるまり、夏場はヒノキとタイル張りの床に裸でいて、寝転んだり水風呂に入ったりしてしのいでいる。部屋の空気とそこに置いた植物の自然な姿を変えたくないのだ。

矢内清六さんと妻の一枝さん

　だから、矢内の絵は、玉葱の芽が出ていたり、枝についたまま落ちた鬼灯が手で触れれば壊れそうに、ゆっくりと乾いたりしている。植物が生を放ち、それが朽ちていく過程を見ている気分にさせられる。

　矢内ほど質素で、楽しまず、染まらない人を、私は見たことがない。ラジオをかけながら、一年中、畑や野のものを描いている。修行僧のような、仙人のような暮らしである。

　あるとき、彼は、「私は人間に生まれ変わりたくありません。生まれ変わるなら、ごきぶりでもいい」と私に話したことがある。そのころはそばに一枝がいて、「本当みたいですよ」と朗らかに笑った。一枝は嘘をつかない人だったから、世俗から離れたいと本心で思っているのだろう。

たぶん、それは彼の戦争体験に根差しているのだ。

矢内は十人きょうだいの七番目として、一九三五年に福島市で生まれた。その二年後、日本軍は北京郊外の盧溝橋で中国軍と衝突し、日中の全面戦争へと突き進んでいた。

家業は袋屋だ。菓子や果物にかける紙袋を家族で作っていた。それを父が納品し、帰りに米を買ってきた。つましいが穏やかな暮らしだった。

一九四一年、日本は四年間に及ぶ太平洋戦争に突入し、約三百十万人の兵士と民間人が犠牲になった。矢内家も陸軍伍長だった長兄の廉造《れんぞう》が四五年五月二十五日、鹿児島県南さつま市にあった万世《ばんせい》飛行場から陸軍機で沖縄特攻に出撃し、散華した。二十一歳だった。終戦の八十二日前のことである。

功四級金鵄勲章と勲六等単光旭日章が国から送られてきたとき、母親のテイ子は

「勲章なんかいらない！」

と叫んだ。その姿は、十歳だった矢内に深く暗い傷を残した。

長兄を奪った理不尽なものの正体は、少しずつ明らかになっていく。二十九年後に長兄らの特攻関連の文書が明らかになり、「人間は恐ろしいことをする」と思うようになった。それは後述する。

母は、風呂敷一包みの遺品が届いたときにも、ひどく泣いた。廉造が出撃して間もないころだった。

包みには、遺髪、爪、ムカデが這いまわる彫刻が刻まれたピンク色の丸鉛筆、航空糧食のチューブ入りチョコレート、特攻隊のハチマキ、隊員たちの血書の寄せ書、そして、日記帳、ノート、半紙が入っていた。半紙に、

〈父母様よ心安かれと祈りつつ、征きて帰らぬ空の初旅〉

の辞世の句が記されていた。それは、遺影とともに額に入れられ、矢内家の仏間の鴨居に飾られた。

日記帳は、出撃十日前の五月十五日に、陸軍特攻隊を意味する〈振武隊四三二部隊となる〉の一文で途切れ、それから遺書が綴られている。両親と二男、三男、長女、二女の計六人にあてられていた。年少のきょうだいには遺書がないのを見て、父の房之助は子供を集め、廉造の日記とそこに記された遺書を読んで聞かせた。長女淑子への遺書はこう記されていた。

兄・矢内廉造さん

「お前に兄として望む。上に立つ者は、如何に大事であるか、今さらながら強く感じる。兄三人は軍人として家を離れる。お前は、一番上になるのだ。弟妹達の心も、性質もお前一人の為にどうにでもなる。

兄が軍隊に入り、家に居る時の事を思ひだし、つくづく思つた。よく女の道を守り、弟妹たちを、めんどう見て、良き姉として、すなおな、弟妹達にしてくれ。兄に恥をかかせる

様な事を無き様。お前の幸福を心より祈る」

父の小さな声を聴きながら、矢内は長兄の姿を思い出した。

爆音がするとすぐ飛び出して屋根に上った兄。「飛行機乗りになったら父母を乗せ、自宅の上を飛んでみたい」と言っていた。機械いじりが好きで、兵隊に行く前には優秀な旋盤工だった。一人でテレビの研究をし、バイオリンを弾いていた……。

日記を読み上げていた父も、こみ上げる愛しさに感極まったのだろう。遺書は「弟妹さようなら」と終わっていた。声が震えだした。矢内が見上げると、父は泣いていた。

廉造の遺骨は白木の箱に収められ、戦後、福島市内の寺に他の何人かとまとめて届けられた。合同慰霊祭の後、それぞれの家族が行列を作り、首から下げて持ち帰った。しかし、特攻隊員に遺骨があるはずもなく、母は白木の箱に小さな位牌しかないのを見て、「哀れだ」と泣いた。

祭壇を自宅の前にしつらえ、弔問客を迎えた。遺影は飛行帽をかぶって正面を見据えている。そこには優しい廉造はおらず、近づけないほどの高みに登った長兄の姿があった。


矢内は福島高校に進むと、美術クラブに入り油絵を描いた。クラブ部員の中には芸大に進学する者もいた。顧問の教師が自宅に来て、親に「進学させてみてはどうか。私が指導してもいい」と勧めたが、矢内は断ってしまった。大学進学をする経済的余裕がないことはわかっていたからである。

卒業後は、埼玉県川口市にある鋳物工場に、五、六人の集団就職の中卒労働者と一緒に住み込みで働いた。彼は新卒では最年長だがやはり小僧扱いで、飯炊きや工場、座敷の掃除から始めた。会社は「寮設備あり」と言っていたが、庭に建てた掘っ立て小屋のようなところだった。

川口は、もともと政府の富国強兵策と日清、日露戦争で空前の活況を呈した鋳物の街で、鋳物工場の屋根から突き出たキューポラ（溶解炉）の煙突が林立していた。戦後は軍需品生産からようやく脱し、朝鮮戦争特需と高度経済成長で機械部品の鋳物生産へと変容を遂げようとしていた。

しかし、そこが火にあぶられ、汗にまみれる鋳物職人の世界であることに変わりはない。荒くれの彼らは酒を飲むと暴れ、不満をぶちまけた。集団就職の少年たちは世間では「金の卵」ともてはやされていたが、給料も安く、激しい労働と叱責を浴びて毎晩泣いていた。

社長が亡くなった夜のことだ。葬儀の後に泥酔して暴れた職人を背負い、家まで運んだ。ちょうど雨が降っていた。ひとしきり生活苦を嘆いた職人の顔は、雨と涙で濡れていた。堤防の向こうで荒川が轟音をあげている。背負った耳の後ろで、職人が酔った声で言った。

「お前はこんなところにいてはだめだ。早く辞めろ」

集団就職組は故郷で餞別をもらって来ている。だから帰るに帰れない。

――だが、僕はまだ帰れるじゃないか。

そう思って福島市に戻り、家業を手伝った。紙袋の山に埋もれるように黙々と手仕事を続けた。

それを見て、母は唐突に言った。

「キヨム、あんたは何になりたいの」

「僕は、絵描きになりたい」

正直に答えた。両親は占い師のところに行き、息子の将来を相談した。そのお告げがあったのか、親が名前を挙げた親戚の画家・吉井忠を頼って上京した。

吉井が住む豊島区池袋周辺には、画家を目指す若者が集まっていた。終戦前までアトリエ付きの貸家が点在して「日本のモンパルナス」と呼ばれていたところである。吉井は両親と矢内を正面から見据えて、こう答えたという。

「絵は趣味で描くようにしなさい」

画家では食べていけないのだ。それでも両親は食い下がった。

「せがれがどうしても絵描きになりたいと言うんです」

吉井はやむなく東京の職場美術協議会中央美術研究所を紹介する。そこから彼の修業時代が始まった。矢内は二十歳になっていた。そのとき、母はそっと矢内に言った。

「パンツを穿いたままでよければ、モデルになってもいいよ」

息子の絵のためであれば、というのである。明治三十三年生まれの母が言い出したことに彼は仰天した。その言葉が矢内の仄暗い人生を導くたいまつとなった。

中央美術研究所で学び、次いで武蔵野美術学校（現・武蔵野美術大学）に顔を出しながら描き続け、腹を満たすために中央区の水天宮に近い貿易会社に就職をした。宣伝コピーを考えたり、ロゴを考案したりする、今ならば広告代理店が担う仕事である。

そこで矢内は一枝に出会う。経理として入社してきた華奢な女性で、八歳年上だった。一人息子を栃木の実家に預け、東京に働きに来ているという。美貌というほどではないが、細面の可憐なひとで、会ったとたんに、（素敵だ）と素直に思った。

矢内は極度の内気を励まして、御徒町にある名曲喫茶「シマ」に誘ってみた。どうしたことか、この女性はいつも自分の側に居るのが当たり前のように感じてもいた。矢内は自分が絵を描いていることを打ち明け、「個展を開いたら、私のところに来てくれませんか」と言った。

その数日後、一枝はスーツケース一つを携え、北区赤羽にある矢内の三畳間の戸を叩いた。

人生最大の幸せがそこに小さな笑顔で立っていた。

入籍をしたのは、矢内が二十四歳のときのことである。自分の印象を聞くと、「穴のあいたセーターを着ていた人」とにっこりと笑った。

――どうして僕のところに来てくれたのだろう。

矢内は首をかしげていた。

「一枝さんは昔、日本画家に付いて習っていたんですよ」。彼女の親戚からそう聞かされたのはずっと後のことである。絵が好きだったのだ。

それから一枝は矢内の理解者となり、絵の評論家ともなった。矢内は新しく絵を描き始めて二か月ほどすると、彼女に「どうだ？」と見せる。

「ちょっとここがね」

指摘される個所はたいてい少し気になっていたところだ。もう一度筆を入れる。そんな日々だった。


矢内が三十歳のとき、大きな転機がやってきた。妻の実家である栃木に移り、それまで実家に預けていた一枝の息子と住むことを決めたのだ。そのとき、いまのアトリエを作った。直射日光を避けながら、光が自然に入ってくるように設計したのは一枝である。北窓にこだわったのは、光に変化が表れにくいからだ。

転居してから矢内は仕事を辞め、以来、一度も勤めていない。地元の総合文芸誌に挿絵を描いたり、絵を売ったりしたが、生計の多くは一枝が背負った。東京の個展で売れた絵には四十万円の値が付いている。だが彼は、その金のすべてを費やして美術の限定本を買ってしまった。

一枝はもともと三菱銀行の行員で日本橋に勤めていた。一度実家に戻った後、再び東京に働きに出ていた。矢内と栃木で暮らし始めてからも、化粧品の訪問販売や生命保険のセールスで生計を立てた。三食を自炊し、外食も旅行もしなかった。遊びとも無縁だった。

矢内の描く絵は大きく変わっていった。東京にいた頃は、洒落た絵を、という考えに取りつかれ、仲間と競い合うように描いていた。スーティンやセザンヌを好み、ピカソやマチスを超えたい、と絵筆を執っていた。

だが、栃木の自然の中で生き、土から掘り出されたばかりのじゃがいもを見ているうちに、画家の呪縛のようなものから解き放たれたように感じた。それからは近所の人からもらった野菜や柘榴、胡桃、柚子を描き続ける。描いても描いても飽きない、と思ったときに心が決まっていた。

個展の案内状にそのころの心境を記している。

〈在るが儘を表現したい。啻《ただ》に描けばいいようですが、私の心の有様によって、いくらでも変化する。私の生き方そのものの問題でもあります〉

そこに描いた玉葱の絵は、荒々しいほどに芽が飛び出ている。師事した画家・久藤直江の言葉が身に染みるようになった。

「僕たちには先生はいない。僕たちの師匠は自然だ」

画商で美術評論家の洲之内徹は、四十九歳の矢内を「正道の人」と評し、次のような個展の紹介文を書いている。

〈(矢内さんは) 技術的には次第に熟練の度を加えてきているようだ。だんだん手がこんできて、今年は透明なビニールで包んだリンゴが現われた。

一見それは、描写の対象としての物と矢内さんとの、休みない戦いの日々のように見える。だが、物の形を細密精確に描くことが直に物の存在を描くことになるかどうか。むつかしいのはそこで、技術的に巧くなればなるほど、却ってトロンプルイユ (だまし絵) 的な錯覚を与えるだけのことになり兼ねない。それで満足できるならそれでもいい。しかし、矢内さんが目指すのは、

物の存在の把握に在るはずだ。となると、矢内さんの本当の戦いは対象との戦いではなく、その矛盾との戦いなのではあるまいか〉

2

画業の内なる戦いのさなかに、矢内の人生観を決定付ける出来事が起きた。長い間、疑問に思っていた長兄廉造の特攻死の全容がわかったのである。

一九七四年に出版された『よろづよに――最後の陸軍特攻基地』という本に、それは記され、NHKの報道番組でも取り上げられた。

『よろづよに』は、万世基地の護衛飛行隊員だった苗村七郎が自費出版したもので、第二話で紹介した板垣豊とともに、全国の遺族のもとを歩いて集めた資料や写真が網羅されていた。それが埋もれた万世基地と、散華した二百一人の兵士の存在を掘り起こし、やがて万世特攻平和祈念館の建設へとつながるのだが、遺族にとっては知りえなかった肉親の最後の模様を知る大きな手掛かりとなった。

矢内は、この本と他の特攻兵士の記録、実家にあった廉造の日記類を突き合わせ、長兄の死までの足跡を丹念に辿った。驚くことの連続だった。

その一つは、長兄の特攻の乗機が二式高等練習機だったことである。それは、固定脚で旧式の九七式戦闘機に低馬力のエンジンを積み、練習機としたもので、爆装のために迎え撃つ米軍機の標的となった。廉造自身は日記の中にこう記していた。

〈各班から十五人が隊長室に呼ばれ、特攻隊が編成される。特攻機は九七式戦闘機を爆装するので、重さのため時速百五十キロぐらいか。これで突っ込んでいく勇士の心いかばかりか〉

だが、廉造はそれよりも故障が頻発した練習機で敵の待つ死地に向かったのだ。

矢内は一日の画業を終えた午後九時から午前三時ごろまで記録を書き写した。

廉造たちは「髪の毛と爪を切り、半紙に包んで氏名を記入し、遺骨代わりとせよ」と命じられ、若い隊長とともに宿舎の裏山で軍歌を叫んでいた。その絶唱を町の人たちが聞きに集まって泣き始めた。そして、最後の晩餐が始まる――。淡々とした廉造たちの記述に、矢内は涙が止まらなくなった。

廉造の第四三二振武隊は十五人。廉造とともに出撃した隊員のうち、少なくとも四人がエンジン不調のために基地に引き返し、二人が不時着している。それほどひどい機体しか残っていなかったのである。しかも基地に帰投した特攻隊員は再び練習機で出撃を命じられ、生き残ったのは予備の特攻隊員三人と島に不時着した二人だけだった。

矢内は半年近くかけて、その記録を『廉造の足跡』として二冊にまとめた。

――よくあんなひどい戦略を考え、指示したものだ。人間のすることじゃない。

それが、こんなひどいことをする人間にだけは生まれ変わりたくない、ごきぶりだってかまわない、という考えにたどり着いた。

そんな抵抗の生き方もあるのだ。

画廊に毎年来ていた一枝の姿が消えたのは、二〇一六年のことである。八十九歳で、矢内の腕の中で亡くなった。

午前十一時十五分に看護師が来て、一枝の髪をシャンプーで洗い、全身を拭いて、下着を替えた。朝食と昼食はいつもと同じようにベッドに腰かけ、矢内と一緒に食べた。

午後三時、アトリエから出た矢内は妻のもとに行って、「お腹がすいたろう。なにか食べるかい」と声をかけた。背中に手を当てて、体を起こす。牛乳を二口、吸い飲みから好きな「生茶」を一口飲んで、「おいしい」と言った。

妻のために冷蔵庫で冷やしておいたミカンを口に入れた。声が途切れた。慌てて声をかける。これまで見たことのないような、大きく見開いた目で矢内を見つめ、そして閉じた。看護師はすでに帰っている。二人きりの、静かな最期だった。

通夜も葬儀もしなかった。香典も供物も固く断り、ただ納棺のときに、赤いバラを二百本、妻の体を包むように敷きつめた。

墓も建てていない。遺骨は、妻が使っていた家具調のポータブルトイレの上に布を敷いて置いている。水も花も線香もない。万一忘れたら嫌だから置かないのだ。

毎朝起きると、挨拶をする。

「私たちのことは、誰も理解できないわね」

晩年、妻が言っていたことを思い出す。矢内が死んだら、骨は一緒に海にでも捨てるように、と息子夫婦に言ってある。墓など作らず、大宇宙に還ればよい。

一枝の死後も夜明けとともに起きて、日没まで絵を描いている。自分で食事をつくる。肉や野菜を具沢山にして鍋に入れる。野菜は皮ごと全部食べる。生ごみが出ないで済む。時々、ルーを入れてカレーにしてみる。

画廊を訪れた客には、こう繰り返している。

「妻が僕を画家にしてくれたんです」

一枝のことを語るとき、矢内の目はいつも輝いている。妻を亡くして、生きる理由が見つかったように感じる。

「妻が死んだこれからが、画家としての本当の人生です。妻に恩返しがしたい。だから、もう少し生きたいと思います」

今日もアトリエに行く。まだ少し肌寒い。もういいかな、と今はもう亡き妻に問いかけてみる。

「ちょっと、ここがね」と仕上げの甘さを教えてくれるような気がする。

北窓から入る柔らかな陽光が、矢内とじゃがいもを照らしている。

第二章

新しき明日の来るを信ず

一九五〇年六月、トヨタ大争議の収束を待っていたかのように、朝鮮戦争が勃発し、特需景気の追い風を受けてトヨタ自動車工業は世界企業への道を歩み始める。その陰に「トヨタの旗本」を自任する養成工たちの姿があった。それから四年後、日本のロケット開発が糸川英夫の下で始まる。だが、アジア各地には太平洋戦争が終わった後も日本に帰還せず、現地の解放戦争に身を投じた日本軍残留兵士たちがいた。

第四話

私が愛したロケット博士
「東大のセンセイがなんだっていうの」

1

明け方の、まだ目がとろとろとしているときに、電話がかかってきた。

――あっ、大先生《おお》からや。

リン、と鳴った瞬間から予感があった。月曜日の朝っぱらから電話をかけてくるのは糸川英夫しかいない。元東京大学教授で工学博士である。喜寿を超えているせいか、朝が早いのだ。

大先生は「日本のロケット開発の父」と呼ばれていたが、それは三十年も前のことで、世間では、たけしの「平成教育委員会」に出演している、変な学者ぐらいにしか思われていない。戦前は戦闘機を次々と設計し、戦後はペンシル型ロケットから始め、昭和三十年から四十年代初めには全長百二十センチの観測用のベビーロケットやカッパ型ロケットを次々に打ち上げていたが、今では自作のバイオリンを演奏会で弾いて見せたり、白タイツを穿いて大舞台で白鳥の湖を踊ったりしている。紙一重の人生を、大先生は送っているのだ。

受話器を上げた赤塚高仁《こうじ》の耳を興奮した声が刺した。

「赤塚さん、昨日の『ちびまる子ちゃん』見た？」

「何ですか？」

どうやら日曜の夕方に放送されたテレビアニメのことらしい。大先生はまくしたてる。

「ちびまる子ちゃん、昨日ね、年賀状書いていたでしょ」

「そうなんですか」

「ちびまる子ちゃんがあぶり出しやったよね。あぶり出しだよ。みかんの汁を絞って年賀状でね。あれがイノベーションなのよ。あれがファクシミリの原理なのさ。字を出すというのは何かこすりつけたり、刻んだり、あとは何か色をつけたりする、それが文字を書くっていうことなんだけど、あれに熱を加えたら字が出るっていうのはね、すごい発明なのよ。ちびまる子ちゃんね、あれ、すごかったね」

ずっとしゃべっている。八十歳近い老人が『ちびまる子ちゃん』を見てイノベーションを説いている。何か凄いな、と思っていると、散々しゃべったあげく、

「じゃ切るわ」

興奮を誰かに伝えたいのか。赤塚はほっとした。

朝から激しく叱られるときもあるのだ。政府の失政や日本経済の挫折は、三重県津市の小さな工務店主である赤塚には関係がない。だが落ち度もないのに怒られる。反論もできないので、サ

ンドバッグ状態である。そして一時間ほどして、

「あなたにこんなこと話してもしょうがないけどね」

と電話を切ってしまう。

朝から落ち込ませることはないじゃないか。なぜ俺なんだ、と時々思うのだが、大先生の講演は一時間で最低五十万円もするから、五十万円をもらった、とあきらめるしかない。

糸川は天才だが、わがままで冷徹でもある。周りの人を平気で切り捨てるときがあった。みんなが自分のように考え、理解するに違いないと思っている。しかし、現実はそうじゃない。

その糸川をこっぴどく叱りつける二十歳年下の女性がいた。本名は定江というのだが、彼女が東京で経営していた美容室の名前から、「アンさん」の愛称で呼ばれていた。

「ヒデちゃん、あんたさ、赤塚さんに何を言ったの。あんたのこと考えている人に、きついことを言うんじゃないよ」

そう言って、ベーと舌を出したりする。やきもちを焼いて、ちゃぶ台を大先生に投げつけたこともある。

「お前なんか死んじゃえ！」

怒鳴りつけられて、大先生はみっともないほど謝り、最後には、

「そこまで言わなくていいじゃないか」

と二階の部屋にすごすごと上っていった。

「先生にあれはないでしょう」

と誰かが咎めると、彼女は「ダメなのよ」と首を振った。

「あの人はみんなから調子に乗せられるの。誰かが言わないとね」

二人は晩年、長野県丸子町（現・上田市）の小高い丘で暮らしていた。千曲川のほとり、浅間山麓を望む古民家が終の棲家である。彼は東大教授を退官した後、東京の家に妻や子供――といってもすでに自立していたが――を置いて飛び出していたのだった。

右から糸川英夫さん、アンさん、林紀幸さん

その家の玄関先には手作りの二段ロケットが突っ立っていて、コロナ禍が広がる前は週に五日、そこで喫茶店「じねんや糸川」が開店した。

この町でも、糸川は「大《おお》先生」で通っていた。その「大先生」を座の中心に、和太鼓を交えた宴会や、アンさんとの派手な痴話げんかは、二人の残した古民家喫茶店の人々と、「ロケットボーイズ」と呼ばれる弟子たちの語り草となっている。

二人のなれそめについては諸説ある。

アンさんの実家は東京都江東区の町工場である。説の一つは、その工場が縁になったという説だ。

終戦直後の日本は、連合国軍最高司令官総司令部（GHQ）によって、飛行機や軍事の研究は禁じられていた。これが解けると、糸川は一九五四年に東京大学生産技術研究所内にAVSA（Avionics and Supersonic Aerodynamics＝航空及び超音速空気力学）研究班を組織し、ロケット開発を始めた。翌年にはペンシルロケットの水平発射実験を行っている。

このとき、アンさんの実家の町工場が通称「糸川研究室」の実験機材や燃焼、飛翔実験の地上機材など、ロケットの実験に欠かせないモノ作りを担っていた。「その縁が糸川と結びつけた」というのである。

もう一つは、アンさん自身が赤塚たちに語った話だ。

糸川はいつも強気で、開発の邪魔になる科学技術庁の役人たちを大会議で罵倒することもいとわなかった。そのために多くの敵を抱え、ラムダロケットの打ち上げに二度失敗すると、研究費の使い方にも疑義がある、と新聞や雑誌に批判され、教授会で足を引っ張られた。

そのころ、アンさんは夫や子供もおり、生活のために新橋界隈のカフェやバーに勤めていた。銀座で働いていたという説もある。いずれにせよ、美容室を始める前のことである。その店に糸川が取り巻きと一緒にやって来て、彼女がその席に付いた。

「この人、東京大学の糸川先生ですよ」と取り巻きが言うと、「それがどうしたの」と彼女は乱暴に言い返した。気風のいい物言いが気になったのか、それともふっさりとした黒髪に惹かれたのか、糸川が口を開いた。

「君は僕のことを知らないのか？」

「あんた誰よ。東大のセンセイがなんだっていうの」

ずぶりと刺す言葉は、天才と呼ばれ、ちやほやされていた糸川には衝撃だったらしい。

「東大ってたいしたことないのか。そうか、たいしたことないんだ」

と漏らした。あとで、糸川自身も「あれですごくスッキリした」と言っていたという。

少し出来過ぎた話に聞こえるが、彼女が権威に媚びず、博士がなんだってんだ、人間は中身じゃないか、と胸を張るところに教授は素直に感動をし、惚れたみたいだ、という説はなかなか説得力がある。

糸川は一九六七年に教授会で辞職を表明する。五十四歳だった。批判を受けた末に、石もて追われたのである。そして、退職金で東京・六本木のビルに「組織工学研究所」を開いた。ロケット開発を始めたのが四十一歳だったから、糸川がロケット開発に携わった期間は、高々十三年間にすぎない。だが荒野に道を拓く厳しさは先駆者にしか知りえないことだ。彼の道の先に日本の再起と復興があった。糸川はロケット黎明期をこう書き残している。

〈日本の経済収支が、赤字から黒字に転じたのは、丁度昭和四十二年からですから、まさに、戦後の貧困、耐乏、毎年の赤字国の中で、世界中から、「貧乏人の子沢山で、戦争に負けた国」として憐れみとも、さげすみともつかない環境であったわけです。

外国からは、その貧相な国が、何やら、オモチャじみたロケットをつくりはじめたと見られ、国内では、余計なことをやり出した出しゃばりと見られて、まことに、キヨホーヘン（毀誉褒貶）の激しい中で暮していたわけです〉

そして、東大を追われた後の人生を次のように記した。

〈東京大学、という大きくて強力なエスタブリッシュメントを出て、五十五才という年で、一人で社会に生きて行く、という困難さは、覚悟の上でしたが、決して生易しいものではありません。

組織工学研究所も創立十三年をこえましたが、政府補助も一切うけず、大会社にも属さず、まさに、孤立無援の状態がいまだにつづいているために、「ロケット退職」後に、夜に行われた「ロケット同窓会」に出席するどころではなかった日々でした。

しかし、大きな会社や、官庁や、大学につとめている人にとっては、こういうリスクの大きい生活は理解が困難らしく、「ロケットグループ」を冷くつきはなして、寄りつきもしない、という風にうけとられている向きもあるようです。

しかし、そのことを恨んでもいないし、弁解をする気もありません〉

「ロケット同窓会」などに出て、後ろを振り返る余裕など、糸川にはなかったのである。組織工学研究所は看板こそ立派だが、要はコンサルタント業である。かつての仲間がブレーンだった。初めは仕事がなく、退職金と貯金を取り崩していた。だが、官民のプロジェクトに提言をしたり、電気製品のアイデアを出したり、全国各地で講演会を開いたりしているうちに、多彩な才能が一気に開花した。バイオリンやチェロを作り、ベストセラーを次々に書き、在野の天才科学者としてテレビや新聞、雑誌に毎日のように登場するようになっていく。

実はそのとき、糸川は家を捨て、アンさんの美容室兼自宅に転がり込んでいた。一方のアンさんは夫と不仲で、かなり前から別居していたようだ。彼女の話によると、糸川は初めのうちこそ自宅とアンさんのところを行ったり来たりしていたが、やがてすべてを家族に渡して、身一つで居ついてしまった。

2

その時代を赤塚は鮮明に覚えていた。二十代最後の夏だった。

赤塚はその日、東京・世田谷の環七通りから外れ、住宅街に残る禅寺の先にたどり着き、仲間三人とタクシーを降りた。長梅雨で油蟬の声が小さく聞こえる。しもたやの並びに小さく存在を示す看板があった。たそがれ時を過ぎ、どんよりとした空は少しずつ闇を増して、その住宅兼美容室の看板を包み込もうとしていた。黒塗りの社用車がぽつんと一台駐車している。

仲間の一人はここへ一度来たことがあって、その男の背に隠れるようにドアを押した。

車座になっていた十数人が一斉に振り返り、その目が新参者を下から射た。社長風の背広の男、白シャツのおやじ、学生、割烹着の主婦、米屋の前掛けを巻いた女将……。まとまりのない人間たちが、美容室の待合席を片付けたタイルの床に、シーツのようなものや座布団を敷いて座り込んでいる。

「まあ、どうぞ」と化粧の濃い、チリチリパーマの女性が赤塚らに笑いかけた。それがアンさんで、着物をゆったりと仕立て直したワンピースを着ていた。

「隙間に座りなさい。あ、そこをちょっと詰めてよ」

変なおばちゃんやなあ、と思ったその女性に急かされ、人の輪が少し広がった。その中心に作務衣を着た白髪の男が泰然と納まっていた。それが七十七歳の糸川だった。低くひしゃげた鼻に、角ばった頑丈そうな顎、広い額を持つ小さな老人が、「日本のロケット開発の父」と呼ばれていたことを、赤塚は知っていた。空の天才だった。

糸川が執筆した『逆転の発想』シリーズが十年ほど前に百万部を超えるベストセラーになっていたことも、赤塚は覚えていた。だが、糸川がペタンと座った美容室の隅が、天才博士のいまの居場所のようだった。

訪れたきっかけは、知人から声をかけられたことだ。

「糸川先生の勉強会に行くけど、君も来ないか。先生のお宅だよ」

その知人は和太鼓を叩いて生計を立てているミュージシャンで、糸川から贔屓にされているという。

——そんなところに何があるというのか。相手にもされないだろうな。

そう思いつつも、噂に聞く博士の姿を見てみたいという気持ちが赤塚にはあった。何かしら摑むもの、すがりつく人を、彼は求めていた。それで津市から特急と新幹線と電車を乗り継ぎ、渋谷からタクシーを飛ばして、ここに降り立っている。

「糸川なのか？」

座の中心にいる老人を見て、同行した一人が小さな声を上げた。

「糸山英太郎じゃねえのかよ」

声の主は気のいい税理士だった。金持ちが大好きなのだ。異業種交流会で知り合ったのだが、どう間違ったか、実業家で元国会議員の糸山と、ロケット博士の糸川を取り違えて、「そんな大金持ちに俺も一回会ってみたいわ」と付いてきた。

糸山英太郎は株の仕手戦を演じたり、金権選挙で名を馳せたりして、世間の顰蹙を買ってきた人物だったから、間違われた糸川の名声が消えつつあるころだったのだろう。その夜の小さな集まりは、糸川が毎月開いていた「聖者に学ぶ勉強会」だった。教科書代わりの旧約聖書を手に、糸川は厳かに告げた。

「聖書を宗教の教典にしないでください。一日に二百冊という本が生まれては消えています。けれども、聖書は四千年もの時代を超えて、今に伝えられる人類史上最高のベストセラーです。そこには真実があります」

赤塚は聖書を開いたことすらなかったが、「四千年を超えた真実」という説教は心に強く残った。勉強会が終わると、チリチリパーマの女性が、「さあさあ、ご飯でも食べましょう」と美容室の奥の和室にみんなを誘った。いくつものテーブルいっぱいに酒の肴が並んでいた。

「大先生はここね。みなさんはそこあたりに」

奇妙な宴会の始まりだった。女性は糸川を「大先生」と呼び、自分は「先生」と呼ばれていた。美容室の女主人で、この家の主なのだった。

彼女はカティサークの瓶をそばに置き、自分で水割りを作っては嬉しそうにぐいぐいと飲んで、たちまち酔っ払った。彼女がちゃきちゃきの江戸っ子であることはすぐにわかった。

「大先生の勉強会はね、いつもここでシラいているの」

と、「開《ひら》く」を「シラく」、「朝日」を「あさし」と言って、お祭りの夜のように「さあ飲んで」「食べて、食べて」と世話を焼いた。その隣に微笑を浮かべた大先生の温顔があった。大先生はほとんど飲めないのだが、その顔は火照って頬は張りと艶があった。宴もたけなわになったころ、表情は柔らかく溶け、やがて、

「僕はもうこの辺で」

という声とともに、二階に静かに上がっていった。

二階には簡素な書斎があって、アンさん以外は入れない聖域なのだという。店とは別に専用の電話が引いてあり、大先生はそれで外部との連絡を取っていた。

鮭のおにぎりに手を伸ばしながら、赤塚はその後ろ姿に頭を下げた。そして、彼女にも深々と

首を垂れた。

「奥さん、きょうはありがとうございます」

するると、赤い顔の彼女は、

「私はアンさんでいいのよ」

質問を断つような寂しげな響きがあった。

「アン」という文字がこの美容室の看板に記されていた。糸川も「アンさん、アンさん」と呼んでいたので、本名だと信じたり、思いたがっていたりする人もいたようだが、そうではなかった。

糸川が引っ込んだ後も宴会は延々と続き、お開きになると、赤塚は勧められるまま、中二階のひんやりした小部屋に布団を敷いてもらい、そこに泊まった。階段を通して玄関が見えた。その夜はいつもの不安が現れるまえに疑問が次々と浮かび、そこへ緊張がのしかかってきて眠れなかった。

——ロケット博士がどうしてこんな美容室に寝泊りしているのだろうか？　アンさんが奥さんじゃないのなら誰なんだろう。

払暁に寝床から這い出してみると、玄関のあたりに人の気配がある。戸を開いてみた。暗がりに誰かうずくまっていた。目を凝らしてみると、アンさんが赤塚たちの靴をブラシで磨いているのがわかった。渇いた胸の奥に、まだ残っていたのかと思えるような、温かく湿ったものが広がった。赤塚は声を立てず泣いた。

彼は大手ゼネコンに営業職として勤めた後、郷里で工務店を継いだのだが、生真面目な性格で、「人間はどうして生まれてきたのだろう？　どうせ死んでしまうのに」という人間根源の命題に答えを見つけられず、ずっと悩んでいた。

我慢することも、苦しみを愛することも、この世から消えてしまうこともできず、ずっと妻以外から優しくされたことがなかった。

いくつもの新興宗教の講話やセミナーに顔を出した。インドにも行った。だが、のどが渇いているときに海水を飲んだように、知れば知るほど渇いていく。オウム真理教の麻原彰晃が名古屋で開いていたヨガ教室にも通った。セミナーに現れた教祖さまは胡散臭く、漫画のバカボンのパパのようでもあったが、その怪異巨体にはぼうっと見惚れてしまった。あれを悪魔的な魅力と表現しなければ何なのだろう。

彼を誘った知人は「ヨガで神通力がつくよ」と酔いしれていて、「修行」という言葉の響きに引き込まれた。幻術から覚めたのは、オウム真理教内部の内紛に気付いたためだ。

彼らと違って、糸川には穏やかな知的好奇心を掻き立てるものがあった。

聖書なんて自分の人生にかかわりがないものだと思っていたのに、糸川にいきなり、「聖書は宗教の本じゃない」と言われてびっくりしたのだ。もっと続きを聞きたかった。もっともっと深く、と突き動かすものがあり、そんな知恵を身に付けられたら、生きるのがずいぶん楽になるかもしれないな、とも思った。

それから、朝ご飯をいただいて送り出され、名古屋へ戻る新幹線の中で、彼は思った。

——あの人に弟子入りをしよう。

それは糸川にすがってみようということだったが、冷静に考えてみると、あの二人というべきだったかもしれない。その奇妙な私塾に毎月通い、段々と冷たくなる美容室の床に座った。糸川の私塾のテーマは、「モーゼに学ぶリーダーの引き際」だったり、「ノアの子孫アブラハムの従い方」だったりした。アブラハムは「私の示す地へ向かえ」という神の言葉に従って苦難の旅を続けた、イスラエルの民の祖である。

大先生はいつも淡々と静かに話した。

赤塚は新幹線で行ったり、津から自分の車を運転して行き、宴会後に車で帰ったりした。大先生は大勢で騒ぐのを好んでいなかったが、アンさんは人が多い方が嬉しいらしく、集まった塾生を容易に帰さなかった。勉強会が終わると、女主人の独壇場で、手作りの酒の肴をつつく宴会に化けた。彼女はウイスキーと賑やかな場が大好きなのである。

一休みして明け方に帰り着き、朝靄のなかに降り立つと、冴え冴えと白い朝を信じることができた。奪われていた生気を少しずつ取り戻しているのがわかった。

糸川の異能に触れたのである。博士は人と同じということは最大の侮辱だと考える人間で、「それぞれが役割を持ってこの世にやって来たのだから、みんな違ってそれでいいのだ。神が与えた宝物はお金ではなく、人に役立つ独創力なんだよ」と諭した。
確かに、独創力の塊のような先生ではあった。英字紙二紙を含め、七紙ほど新聞を取って瞬く間に読み飛ばし、スクラップを指示した。本も次々とページを繰って書き込みをした。それが執筆や講演の糧となっている。
ハードカバーの本を買うと、しばしば表紙をバリバリと破き、出張で三時間の移動をするときには、三時間で読める分だけをちぎって持って行った。好みの本はあとでまたくっつけたりするのだが、「三時間しか読めないのに、五時間分の本を持っていっても無駄でしょ。切れ端の時間を大事にしなさい」と言った。
同じ仕事を一生続けるのも大事だが、次のように「自分は十年に一度、仕事を変えてきた」というのも糸川の自慢である。
二十二歳で中島飛行機の航空機を設計し、
二十九歳で東京帝国大学第二工学部の助教授に就き、
三十六歳で音響工学を研究し、
四十一歳でロケット開発を始め、
五十四歳で組織工学研究所を設立し、
六十二歳でベストセラー『逆転の発想』を書き、
七十九歳でバイオリンを製作している。

そう言うのだ。

3

ただ、苦しかったときも多かったのである。時々、

「神様、許してくれ。僕にはいまだに殺したい奴がいる」

と唸って、怨念や嫉妬の研究にのめりこんだことも打ち明けた。そして陸軍の戦闘機「隼」の設計をしていたことを話しながら、ぽろぽろ泣いたりもした。

「僕は飛んでいった飛行機は全機、無事に帰ってきてもらいたいって、ずっと願っていたよ。でも自分の飛行機は特攻に使われたり、人殺しさせたと言って非難されたりした。鉄板（防弾板）一枚を隼の座席の背中に入れたら助かったパイロットもいっぱいいたはずだよ。でも『一グラムも重くするな』と言われて、それはできなかったんだ。飛行機は僕の子供だよ。子供に人殺しさせたい親がどこにいるんだ」

だが、その翌日にはけろりとして「人間は逆境のときだけ成長するんだ」と話し、過去を振り向くことがなかった。糸川は東京と大阪、名古屋で例会を開いており、赤塚は東海地区の秘書兼雑用役を買って出た。

ところが、君子然としたその糸川がアンさんにはちょっとしたことで怒られるのだ。彼はなかなかモテる老人で、女性音楽家や美人政治家の訪問を受けることもあった。たちまち、アンさん

にこっぴどく叱られる。やきもちが丸見えで、そんなときに情人の姿に立ち戻った。

糸川はクラシックが好きで、六十二歳でバレエを習い始め、バイオリンのコンサートも開いている。だが、彼女は歌謡曲や演歌が好きだ。クラシックは長くて眠くなるから嫌だと言う。糸川の講演会に誘われると、「なんで行かなきゃいけないの」と口をとがらせた。

「だったらさ、言っていることを一つぐらい家でやってみろっていうのよ。できもしないことばっかり偉そうに言うからさ」

糸川は、そうね、そうだね、と頷いている。彼女はそこを突き、糸川に邪険にされる周囲の人々をかばったり、包み込んでやったりした。取り巻きの経営者の中には、「博士ともあろう人が、あんな下品な女に」と離れていく人もいた。だが、糸川は気にしなかった。

ある朝、糸川が突然、「どうして僕たちは結婚しないか話そうか」と赤塚に言いだした。いまさらどうでも良かったのだが、耳を傾けていると、「あのね。結婚するとね、離婚問題が発生するでしょ。だから結婚しないの」という。

「僕はアンさんと何回も別れようと思ったんだよ。でもね、もうこれっきりにしようと言って、橋の真ん中から両方に歩き出して、渡り終わったらまた振り向いて一緒になっちゃうんだよね」

くだらないのろけ話だったが、今思えば、結婚しないでずっと暮らしていることも全然おかしくないんだと、糸川は言いたかったのだろう。

——アホちゃうかな。でも、理屈を超えた男と女の関係というのはあんねんなあ。

赤塚はつくづくと思った。糸川は、「アンさんは、僕にないものをみんな持っている」とも言った。それが明らかになったのは、糸川が脳梗塞で倒れた後のことである。

糸川は地元の丸子中央総合病院で闘病したが、アンさんは二年近く病室に泊まり込んで介抱を続けた。いつも彼に話しかけ、絶え間なく体をさすり、床ずれや内出血が起きないように少しずつ動かしてやる。病状が悪くなると、彼女の方から本妻の家に、「面会に来られたらどうですか?」と連絡をする。すると、東京から駆け付ける。そんなことが続いたが、本妻が病院に着いても、糸川は病室に鍵をかけて入らせなかったという。大先生のけじめのようにも見えたが、それは家族にとっても、その場を外しているアンさんにとっても、情愛の修羅場であったろう。

いよいよ体が動かなくなったころに、アンさんは糸川の手を握りながら、赤塚に漏らした。

「あたしは今が一番幸せなの。ヒデちゃんが私だけのものになったのよ」

一方の赤塚は師を失う不安から、糸川の車椅子を押しているときに尋ねた。

「大先生、僕はこれからどうしていくのがいいでしょうか?」

細い声が返ってきた。

「自分で考えなさい」

そうだ、先生はもういなくなるのだ。

糸川が力尽きたのは、一九九九年二月二十一日の未明である。八十六歳だった。窓が白みかけたころ、一人付き添ったアンさんに手を強く握られていた。

遺志に添って葬儀は行われず、自宅の古民家を清め、数十人のゆかりの人々で酒を飲んだ。赤塚は「大先生が逝ったよ」と知人から電話を受け、三百二十キロの道を津市から車を飛ばした。糸川にかわいがられた宇宙科学研究所課長の林紀幸も東京から駆け付けた。第一話で紹介したが、林の父親はテストパイロットで、糸川たちが設計した「隼」二型機の試験飛行中に殉職している。

古民家で誰もがぼんやりしていると、友人だった丸子中央総合病院理事長の丸山大司が、「うちの看護婦が世界一だと自慢したいけれど、私はアンさんのような献身的な介護をいままで見たことがありませんでした」と絞り出すように言った。

「先生のように二年近くも寝たきりで、それでいて褥瘡《じょくそう》がないご遺体を、僕は医者になって初めて見ました」

そして号泣した。それを合図に嗚咽の声が広がった。

町営の火葬場では、遺骨や遺影をめぐって、赤塚らと、東京から引き取りにきた遺族の間で小さな諍いが起きた。

遺族が「遺影や遺骨はみんな持って帰ります。骨ひとつあげられない」と告げたのだった。息子たちに言わせれば、アンさんやその友人たちは（大事な父親を母から奪ってこんな目に遭わせた者たち）という思いがあるだろう。それぞれに立場と言い分があるのだ。

しかし、気の強い「ロケット班長」の林は、青筋立てて叱った。

「僕たちの先生でもあるんだ。遺影は渡せないよ」

火葬が終わり、白い骨の糸川が台車で運ばれてきた。ゆかりの人々が台車を囲んで、骨壺に骨上げをすることになった。

誰かが遺族の目を盗んで、糸川の骨片を長い竹の箸でパッと取り、手元のハンカチにくるんだ。丸子中央総合病院の看護師たちも急いでハンカチに包んだ。飛び上がるほど熱かった。赤塚も骨壺に入れる振りをして、手を伸ばしてポケットに入れた。気づいたらその手に火傷をしていた。

赤塚はその骨片の一つを、糸川が愛したイスラエルの地に、もう一つを鹿児島県肝属郡肝付町（旧・内之浦町）に立つ糸川英夫像の礎石の下に埋めた。そこは、糸川が秋田の道川海岸に代わるロケット発射場として選んだところだ。今は内之浦宇宙空間観測所がある。そして、わずかな骨片の残りを赤塚の会社に設えた簡素な祭壇に祀った。

看護師たちが持ち帰った骨片はアンさんに渡された。そのためにこっそりと取ってきたのだ。四十九日を迎えて、彼女は看護師たちとともに、糸川が好きだった静岡県伊東市の城ヶ崎海岸に出かけ、早朝の吊り橋の上から散骨した。

遠く伊豆七島を一望して、アンさんが大きく手を振ると、博士の灰は青一色の空にパッと散った。一気に撒いた。

看護師の一人が「残さなかったの？」と尋ねると、彼女は放心したようにつぶやいた。

「いいの、いらないわよ」

糸川が彼女に遺したものは、古民家だけだった。糸川の死後、離れていく人は多かったが、彼女はそこに住み、最後は糸川と同じ病室で十五年後に亡くなっている。彼女の葬儀の後、息子が参列者にこんな挨拶をしたという。

「母は大先生と出会い、暮らして、共にいられたことが本当に幸せだったと思います。皆さん本当にありがとうございます」

そんな風に言える息子も、言わせたアンさんも堂々として見事だな、と赤塚は思った。

そんな愛の形もあるのだ。

赤塚はアンさんの遺骨の一部も持ち帰って、毎日、祈りを捧げることにした。彼女は赤塚の、もう一人の恩師なのである。

彼のところには、二人の遺骨が安置されている。だから、赤塚は二人の愛の行方を知る墓守ということになる。

第五話　トヨタの旗本
「指の飛んだ作業員を前に切実な改善が生まれる」

1

私のおとうさんはやせている
私のおかあさんは小さい
二人はとても仲がよい

私のおとうさんはまあじゃんが好きだ
ときどき歌を歌うが
とてもおんちで聞かれない

私のおとうさんは会社が好きだ
朝、頭がいたくても腰がいたくても

会社へ行くとなおってしまう
私のおとうさんはトヨタで
小さい時から働いているが
外のことでもよく知っている
杉浦久美子

これは、トヨタ自動車の機械部第三機械課に勤めていた杉浦芳治のために、小学生だった三女が書いた詩だ。トヨタの親睦団体「一養会」の三十年記念誌に、〈私のおとうさん〉という題で収録されている。

杉浦は一九三九年四月一日、国の工場事業場技能者養成令に基づく第一期養成工として入社した、三百三十九人の一人である。トヨタ源流の職工と言うこともできる。一養会はその古参工員の集まりだった。会社に人生を捧げ、工場にとりあえず行けば病気も私事も忘れてしまう――昔気質の杉浦のような父親たちによって、トヨタは世界有数の企業に成長した。

もう二十年も前のことだが、私が読売新聞中部本社の社会部長だったころ、仲間たちとともに、第一期養成工として生き抜いた人々を訪ね歩いたことがある。そのとき、彼らの多くが口にした言葉がある。「俺たちがトヨタの旗本だった」というのである。初めは会社に教え込まれたらしいが、一九五〇年の労働争議の苦しみを経て、彼らはその言葉を真に身に着けた。

自動車業界とトヨタは今、電気自動車や自動運転、シェアリングサービスの波を受け、大変革期を迎えている。それを「百年に一度」と語る人もいる。私は少し違う考えを持っているが、変革の波に源流の人々の記憶と言葉がかき消される前に、もう一度、あの一期生たちに会いたいと思った。


愛知環状鉄道、通称「愛環」の、小さな三河豊田駅の改札を出ると、一方向に黙々と歩を進めるサラリーマンの群れがあった。その列に連なって愛環の高架下の細いトンネルにたどり着くと、冷たい風が吹き抜けている。そこが世界企業の入り口だった。

コンクリートの壁に白いプレートが取り付けられている。

〈この地下道は当社が所有・管理しています。トヨタ自動車株式会社〉

トンネルの階段を降り、地下道をくぐり抜ければ愛知県豊田市トヨタ町一番地。まばゆい光のなかにぽっかりと、背の低い本社工場が広がっている。

工場群を抜けると、右手に円弧を描いたトヨタ本社ビルの壁面ガラスがキラキラと輝いて見える。かまぼこを縦に置いたような十五階建て、役員室や人事、経営企画部門が入る中枢部門で、事務本館と呼ばれている。工場の他に並ぶものがないので企業城下町の大きなシンボルではあるのだが、東京のビジネス街にそびえ立つ超高層ビルに比べると看板一つない簡潔な造りだ。二〇〇五年までの事務本館は三階建てで、古い市役所のような雰囲気だった。〈華美を戒め　質実剛健たるべし〉というのが、豊田綱領の一節だが、見栄や無駄を嫌う「田舎者精神」が、三河の地ではまだ生きている。

八十六年前、この地は二百ヘクタールに及ぶ桑畑と原野だった。トヨタの平均買収価格は何と坪三十銭である。もともとは挙母《ころも》市であり、挙母工場だったのだが、一蓮托生の道を選んだ市当局と議会が挙母の名を捨て、本社所在地として「トヨタ町一番地」という象徴的な番地を提供している。

昼時になると、そのビルや工場から軽装の社員たちが飛び出してきて、広大な一番地を走り始める。十二月の職場対抗駅伝大会のためである。

「一年に一度の大会なんだが、それめがけてもう大勢が一生懸命、本社の周りを走るんですよ。親父たちも毎日走っていたらしいけど、昼飯をいつ食べるんかねえ」

とは、社員の家族の弁である。

駅伝大会はトヨタ社員の結束を固めるための一大イベントで、若い社員の中には「いまどき流行りませんよ」と息苦しさを訴える者もいるのだが、二〇一九年の大会には国内外の事業所や関係会社から実に五百六十六チーム、約四千五百人が走者として参加した。応援の社員や家族を含めると、約三万五千人が集まっている。翌二〇二〇年の大会はコロナ禍のために中止されたが、中止は人員整理をめぐって労使が激しく対立した一九五〇年以来、七十年ぶりのことである。

杉浦芳治の家は、このトヨタ町一番地から約二キロのところにあった。

私の手には日焼けした名簿があった。トヨタの第一期養成工――通称「養成工一期生」からもらい受けたのだ。それを頼りに、二〇一八年秋ごろから愛知近辺に住む一期生たちに手紙を書き、固定電話に連絡を入れていたが、半世紀も前の名簿なので地番や電話番号はすっかり変わってて、誰とも連絡がつかなかった。彼らは大正十三年か十四年生まれだから、このとき九十三〜九十四歳になっているはずだった。結局、寒風が肌を刺すころになって思い立ち、東京の自宅を出、三河豊田駅を起点に一軒ずつ古い住所地を訪ね歩いていたのだった。

そのあげく迷いに迷った。一軒のしもたやに訪いを入れると、小柄なおばあちゃんが玄関から顔を出した。「よくまあ、こんなところまで」。すっと心が撫でられたような気がした。杉浦の妻だ。私はホッとした。ともかく一人目の家にたどり着き、いまさら、と言われることもなく迎え入れられた。

「私は新聞社に勤めていたことがありましてね、かつて記者仲間と『豊田市トヨタ町一番地』という本で、ご主人やお嬢さんの詩を取り上げたんですよ。私たちを覚えていらっしゃいますか」

私が訪問の意図を告げると、彼女は「どうか上がってください」と小さな笑いを浮かべた。しんとした座敷の奥の仏壇に視線をやった。

「主人はもう亡くなっているんですよ」

それから居間の座卓に一養会の三十年記念誌を広げ、久美子の詩や杉浦が残した〈生きがい〉と題する文章を二人で読んだ。杉浦の書き出しはこうだった。

〈大正13年8月17日。この世に生をうけ、親の愛情に育てられて成長した。小学校もまあまあで卒業し、おふくろに付き添われ、柳ゴウリ（今の若い方には知らない人が多いと思うが、私達には懐しい思い出の品である）をかついで、トヨタ自工第一期養成工として入社した。この頃の私が両親の生きがいだったと思う〉

養成工とは、旧本社裏にあったトヨタの技能者養成所で三年間働きながら育てられた工員を指している。開設はトヨタ自動車の前身であるトヨタ自動車工業が創立されてから三年目の春、その前年に突貫工事で挙母工場が完成したばかりだった。杉浦を始め尋常小学校を出た十四、五歳の少年が、国民帽にカーキ色の国民服というでたちで、記念写真に納まっている。

富国強兵が叫ばれた時代の企業内学校だったが、それは「トヨタ工業学園」と名前を変え、中卒者を迎え入れてトヨタ精神とモノづくりを仕込む場となっている。

「主人は会社が好きな人でしたねえ」

思い出を手繰りながら、妻はセピア色に変色した夫の写真を取り出し、懐かしそうに眺めている。その中に養成工の寄宿舎のバッジと記章の写真があった。

記念誌に杉浦は、〈会社こそが自分たちの城であり、城を守り栄えることで私の小さな城も栄える〉と記している。「いまの若い人にはわからないですよね」と彼女は言う。こうも書いてい

豊田工科青年学校記章

た。

〈私の選んだ仕事がたとえ、小さなじみなものであっても、一生の仕事として真剣にやり抜いてゆく、その仕事の中に、自分の持つ能力を最大限に発揮する。その努力と進歩の中に生きがいと喜びと満足を覚える。福沢諭吉先生は、人生訓の第一に〝世の中でいちばん楽しく、りっぱなことは、生涯を貫く仕事を持つことである〟と教えている。トヨタの自動車を造ること、自動車のボルト1本を造ることにも、生きがいを感じ、よい品を、より安く、より多く生産し、お客が私達の造ったトヨタの車を、安心して買いたい気持にさせる。仕事を通じ仕事に生きがいを持ち、人間として成長し続けていくことが、会社の繁栄につながり、それが私達の生活を安定させ、豊かな幸福な家庭を築くことと思っている〉

静かな思い出話のあとで数葉の写真を借り、杉浦家を辞した。戦後しばらくの間、戦没者の家の玄関には「遺族の家」という金属製標札が掲げられていた。その玄関を通り過ぎるたびに厳粛な気持ちに捉われたものだが、あのころのひっそりとした空気を吸ったような気がして、私は杉浦家に向かって深々と一礼した。

2

板倉鉦二《せいじ》の一軒家は、その杉浦家からわずか八百メートルほどのところにあった。彼は杉浦の同期生で、私が今回見つけることができた一期生のただ一人の生き残りである。黒いダウンジャケットを着て、自宅の畑で冬野菜を摘んでいた。ずっと待っていたかのように、

「よく来たねえ」

とほっそりと痩せぎすの背筋を伸ばし、笑いかけてきた。

板倉の自宅居間には暖かな陽光が差し込んでいる。彼の生きがいや修業時代の話を聞いているうちに、板倉はやおら二階に上がって、二冊の小冊子を持ってきた。一冊は養成所の英語の教科書、もう一冊は、あの一養会三十年記念誌だった。

「はい、これだね」とそれらを座卓に置くと、「教科書は、『The concise technical reader』やったね」とすらすらと言った。「英語は好きだったからね、忘れんもんやなあ」

若いころの企業内教育がいかに効果的であるかという証だ。

「わしらは一週間、学校へ行き、次の一週間は交代して工場で働いたもんだ。偉い人から、『お前たちがトヨタの旗本だから、しっかり忠臣になって、これからトヨタを担っていくんだ』と言われたよ。僕らより前に、三か月の短期養成工がいたけど、政府から技能者養成令が出て、僕らのころに本格的な学校が開校した。国家の養成工の第一号だったんだな。日給で六十五銭だった

か、それをまとめて月の二十五日にもらったよ。大福が五銭のころだったから嬉しかったな」

板倉には誇りとするものがたくさんある。その一つは、誰よりも長くトヨタで働いたことである。地元の尋常小学校を卒業した十五歳の春にトヨタの寄宿舎で独り立ちし、本社の第二技術部試作課に自転車で通った。ヒラから班長、組長、そして工長に出世して五十五歳の定年を迎えている。さらに関連の下請け会社に請われ七十五歳まで、実に六十年間もトヨタ人として勤めた。

戦前、戦中、戦後をくぐり抜けた一期生たちは、「トヨタの工場で絞られると、定年後はせいぜい三年持てばいい」と言われたが、板倉は九十代も半ばに達し、いまも矍鑠《かくしゃく》と畑を耕す力さえ余していた。

板倉のもう一つの誇りは、養成工たちとともに、創業者の豊田喜一郎たちの下で、会社を大きくしたことである。

板倉鉦二さん

日本に自動車産業を興した喜一郎は、いまでこそ神格化された存在だが、板倉の時代には、つなぎの作業服を着てよく回ってきた。ある日、昼休みのサイレンが鳴っても、組み立てのピットの底で作業している者がいた。工長が、「おーい、飯だぞお」と声をかけたら、「おう」と返事をして出てきたのが、油にまみれた喜一郎だった。板倉はびっくりした。

三十七万人近いトヨタの従業員は、工場の労働者と、車の開発や生産技術の革新に携わる技術者、そして事務職に分かれている。出世をするのは高学歴の事務職で、次いで技術者と言われている。それぞれが別会社の社員のように意識がまったく異なっているのだが、板倉の時代は隔たりが低く、社長の靴音どころか、声さえ聞こえる時代であった。

入所すると同時に、板倉たちはトヨタ生産方式を最初に実践する工員となった。当時の喜一郎は、副社長兼研究部長である。トヨタの看板となる「ジャスト・イン・タイム」をすでに唱え、挙母工場で実現に移そうとしていた。豊田一族に連なる豊田英二は、養成所の教壇に立って養成工を教え、後に五代目社長となる傑物だが、喜一郎の思想についてこんな説明をしている。

〈喜一郎の考えた生産方式を要約していうと、「毎日、必要なものを必要な数だけつくれ」ということである。これを実現するには全工程はいやでも流れ作業にならざるをえない。「ジャスト・イン・タイム」というのも、そのとき喜一郎が言い出した言葉で、要は「間に合えばいい。余分につくるな」ということである〉（『決断——私の履歴書』日経ビジネス人文庫）

板倉たちは現場でその思想を厳しく仕込まれる。一つ間違えれば頭にハンマーが飛んできた。一人前に育った後も、機械工場長の大野耐一からしごかれ続けた。余分につくるな、といわれても、工員たちは作りだめをしておかないと気がすまない。指示に反して部品や在庫を隠していると、大野が見つけ出し、工場の床にチョークで円を描いた。そして「そこに立っていろ」とどなった。円の中に立って生産ラインを見直し、本当の無駄とは何なのかを自分の頭で考えろ、というのだった。

昭和十四年、入所当時の養成工ら

熟練していくにつれて、一期生たちは工場の班長、組長、工長と昇っていく。板倉が工長にたどり着いたのは入社三十年目だ。工長ともなると、八十人から百人を束ねていたから、現場では「神様」と尊敬を集めていた。大野はその神様たちを叱りつけるので、「大神様」と呼ばれた。八百万《やおよろず》の神々のように、トヨタの工場には大小の神様がたくさんいて、激しい労働と高い生産性を保つ役割を果たしていた。

その小さな神様に支えられた大野は、トヨタに「かんばん方式」を定着させて一九七五年に副社長にまで昇進し、「ジャスト・イン・タイム」を世に知らしめた。

板倉たちが入社した当時は国民生活の戦時統制が強まり、ひと月後には満蒙国境付近のノモンハンで日本の関東軍とモンゴル軍が武力衝突する。九月にはドイツ軍がポーランドに侵攻して第二次世界大戦が勃発し、「英米撃つべし」の声と、英語を敵性語とする空気が濃くなっていった。

だが、車づくりに英語が分からんとどうしようもないんだから、と彼は思っていた。部品にしても機械にしても、みんな英語だったのだ。今は語る人も少なくなったが、トヨタの車づくりも、初めは米国車を分解し、その部品をスケッチし、コピーすることから始まった。

「教科書の一行目は、This is a nut. 二行目は This is a bolt. やったねえ」と言いながら、彼は黄ばんだ教科書のページを繰った。

私たちの世代なら「This is a pen.」と習ったところを、板倉たちはまず、「これはナットです。あれはボルトです」と学んだのだ。少年に興味を持たせるためであろう、nail（くぎ）や anvil（かなとこ）などに加えて、欧米の工場内部や大型モーター、さらには潜水艦や戦艦、飛行機などの挿絵がふんだんに使われていた。

トヨタの成長は戦争抜きには語れない。挙母工場も「護国第二十工場」と改名され、軍需工場に指定されている。戦争は兵隊同士の肉弾戦であるだけでなく、双方の技術者や職工たちが技能と総合力を競ういくさでもあった。このとき、トヨタは戦争特需で急成長し、毎年一万五千台から一万六千台を超すトラックを作り続けている。出来たての軍用トラックが、独特のガソリン臭を放って国道二四八号線の坂を下って出荷されていった。後にトヨタの鍛造《たんぞう》工場で働く鈴木邦夫は、真っ黒な船に車輪が四個付いた水陸両用車が轟音とともに疾走していくのを就学前に見て、度肝を抜かれたという。

　このとき、その水陸両用車を作っていたのが車体部ボデー課に勤務していた板倉だった。当時の思い出を、板倉は一養会三十年記念誌にこう綴っている。

〈時あたかも日支事変は拡大の一途をたどり、国民はその戦果に酔っていたけれども、トヨタ自動車にとっては大変な試練の時期であった。

　我々の心をこめて作ったトラックも当時の軍隊でさえよろこんで使ってはくれなかったようである。「どんなボロ車でもよいから、フォードか、シボレーを回してくれ」という運転手の声で、どうしても国産車トヨタに乗る運命になった運転手は、それこそ冷汗三斗の思いで敵中を突破したものである〉

　こんな記述もあった。

〈すえは一国一城のあるじとまではいかなくても立派な旗本として、トヨタを名実共に東洋一の会社にするのだと、心に堅く誓ったものである。（中略）立派な旗本として、トヨタ城を守り築いてきた満足感は、われわれだけに味わえる特権である〉

　トヨタでは、尋常小学校卒は部長には就けない内規があったという。会社中枢にいる人事、総務担当者でも技術者でもない、そんな養成工が「旗本」と胸を張ることに奇異な感じを抱く人は多いことだろう。だが、戦後間もない一九四九年から翌年にかけて、会社側が一期生たちを〝旗本〟としてはっきり認識する大争議が起きている。一期生が「みじめな経験」と書き残すトヨタ最大の危機であった。

このときに社長の座を追われた豊田喜一郎は、自身の手記のなかでこう書いている。

〈自動車工業は、戦時体制下という特殊条件のもとで生まれ、自動車をはじめ、国家の手厚い保護のもとで発展してきたので、自由経済のなかでのきびしい競争という洗礼を受けていなかった。このため、戦後はこれをどのような方向にもってゆくべきか、簡単には決められなかった。ともかく、いろいろな方向を考え、いろいろな努力をしてみたが、戦後の超インフレ（による原材料価格の高騰）、統制の復活（自動車統制価格の据え置き）、占領政策の変化などつぎつぎと現われ、どうにも手の下しようのない状況に追い込まれた〉

とうとう会社側は五〇年四月、千六百人の希望退職者を募集し、残留者についても一〇％の賃下げを断行する再建策を提案した。ところが、前年に「危機克服の手段として人員整理を絶対に行わない。その代償として労働組合側は賃金ベースの一割引き下げを受け入れる」という覚書を労組側と交わしていたから、組合員たちは激昂した。

ストライキや大規模デモ、職場、家族集会で対抗し、「部下を苦境に追いやった責任を取れ」と部長や工場長らをつるし上げて、机などと一諸に放り出した。

会社は「従業員各位」と題したチラシを配り、会社に残る社員には協力要請状を作った。人員整理の事務局を担当した購買部長の山本正男（その後副社長）らが地下足袋を履き、夜間こっそりと該当者の家に配って回った。社宅には組合の見張り番がおり、見つかればただでは済まないので、足音がしないように工夫したのだ。だが、犬に吠えられて立往生したり、配った退職勧告状を回収されて焼かれたり、国民注視の泥沼の争いが続いた。

会社側がまとめた小冊子によると、対立は家庭生活にまで及ぶ。「あいつは会社側の子だ」と銭湯で風呂桶を使わせなかったり、幼稚園児が「あそこの子と手をつなぐのはいやだ」と困らせたりする騒ぎも起きた。組合は闘争資金が底をついたため、資金カンパを兼ねて石鹸や飴の行商を始める。支援や理解を得るために演劇の上手な者を集めて素人演劇団を作り、村々を巡回した。

混乱の日々のなかで生まれたのが、養成工一期生を中心とする「再建同志会」である。隠れ家に集まっては会社側の労務担当者と話し合い、組合批判に転じて流れを変えた。争議が収束されたのは約二か月後だ。社長辞任と引き換えに八千人の組合員のうち約二千人が会社を去った。

労組の大集会の場に、トヨタ自工の人事部労働調査課に勤めていた上坂冬子がいた。のちに作家となる彼女は在職中に執筆した『職場の群像　私の戦後史』（中公文庫）のあとがきのなかで、争議の後に起きた朝鮮戦争の特需でトヨタはみるみる活気づいたと記している。そしてこう続けた。

〈全自動車労組の大闘争は、戦後日本の注目を集めたうねりであったが、会社側との妥協をいち早く示したのはトヨタの労組であった。私の判断ではこれが今日のトヨタをあらしめた一因でもあると思う。益田哲夫委員長の出身母体であった日産自動車は都市に本社をもつ企業である。その労組がイデオロギーに殉じている間隙をねらうかのように、農村をバックとするトヨタ労組は現実に立ち戻って闘争を終結し、これがのちの実利にむすびついたように思われてならない。先祖代々の土地を受け、孫子の代まで離れぬ土着の人々をかかえたトヨタ自動車は、土着の人々のもつ強味と弱味とをあまねく労務管理に吸収して日本のトップ企業としての栄光を獲得したのではないか〉

その労使紛争の教訓から、トヨタは労務政策の柱として、縦、横、斜めに「絆の網」をかける社員の親睦団体づくりに力を入れた。一養会もその一つで、一期生の工長を中心にトヨタの「インフォーマルグループ」第一号として結成されている。

3

板倉の自宅居間で向き合い、争議や工場の苦労話を聞いていると、長男が顔を出して座に加わった。板倉の二男はトヨタの二十期の養成工、長男は東京の大学に進み、教師として勤めた。

「挙母市が豊田市になって、全部、会社イズムというか、トヨタイズムにされていった。それがめちゃくちゃ嫌ではないけれど、ちょっと豊田を出たいなという気持ちはあったよね」

正直に言えば、長男のそんな言葉を聞いて、私はどこかほっとするものを感じていた。街にはネオン輝く歓楽街がなく、重苦しいほどの生真面目さを感じさせる。

トヨタ記念病院で生まれ、トヨタ生協で買い物をし、トヨタホームを買い、トヨタ系のホテルに親を呼び、トヨタ系のセレモニーホールで終焉を迎える——この街の内でそんなふうに完結する生き方を選ぶ人々がいる。企業城下町はどこもそうだが、特にここは部外者が容易にもぐりこめない世界であり、他人と違う生き方をしたい者には暮らしづらい街だ。

板倉家を訪ねたときに気付いたのは、居間のあちこちに妻の写真が飾られていることであった。十五年前と違っていたのは、その妻がもういないということである。

「鈴子といってね、名古屋の人で花屋の娘だ。女優の八千草薫に似ていたな」

と板倉は言った。彼がどんなに妻を愛していたかは、鈴子の一字を取って二男を鈴男と名づけたことでもわかる。長い闘病の後に息を引き取ったとき、彼は男泣きに泣いた。妻は板倉家の田畑を耕しながら、人生をトヨタに捧げた夫の帰りを待っていた。

もっとはっきりと、「お父さんは会社にあげた」と漏らした一期生の妻もいた。家族には、養成工の夫とは別の、小さな幸せへの憧憬があったのだろう。

「働かす、働かす。そりゃ厳しい。奴隷化だったね。そういう時代の人たちは夫を含めて、みんな礎《いしずえ》だったと思いますね。そんな無名の人たちの下積みが今のトヨタを、そして今の日本を作ってきたんだろうと思いますけどね」

板倉の同期である山下元良の妻・信恵は、かつてそんな話を私たちにした。山下夫婦が子育てを終え、街なかのアパートに二人で住んでいたころの証言だが、そこには今、工場が立っていた。

それで私は、山下の残した言葉を挙げ、板倉に聞いてみた。山下は工場労働の激しさと教訓について、こう言っていたのだ。

「(工場の作業で)指が一本吹っ飛べば、その時、反省が働く。安全装置が一つ一つできる。指一本が次の世代に長く続く安全をつくった」

私の問いに板倉は、指の飛んだ作業員を前にすると、切実な改善が生まれざるを得ないものだ、と自分の体験を話し始めた。

「工場の一角にね、小プレスが十何台並んでた。そこには女の子が一人ずつ付いていて、足でクラッチを踏んで、バチャと型で押したり切ったり抜いたりしてんだ。よく見たら指のないのがたくさんおったもんだよ。プレスに鉄板が曲がって入っているのを見ると、彼女たちは思わず手を出して直そうとするわけだ。それでプレスで手を挟まれるんだな。

何とかならないかと考えて、『足で踏むやつを、手でクラッチを切るようにしたらどうだ』と僕が工長に言った。そうしたら『ああ、そうやな、それならできるかもしれん』と。

手でクラッチを切るようにしたら、手をプレスのとこへもって行くことはほとんどない。『両手で(クラッチを)やりなさいよ』とも言ってたんけど、両手で切るようにはなかなかならなかった。だから片手でやってたけど、それでも足で踏むよりはよかった」

そして、「改善」や「安全装置」は、やむにやまれぬ事情のなかからできてくる、と話を続けた。淡々とした口調に凄みがあった。

効率をただ求めるところに、「カイゼン」があるわけではない。改善を提案し、その工夫が喜ばれ、工場内の表彰にもつながる。そんな小さな向上が、日々単調な労働の中の人間性回復につながる、と言った人もいた。

チャーリー・チャップリンが監督・主演した喜劇映画『モダン・タイムス』が日本で公開されたのは一九三八年、一期生が入所する前年のことである。チャップリンはその映画のなかで、巨大企業の労働者がベルトコンベアの下で人間性や尊厳を奪われていく近代に警鐘を鳴らしたが、養成工たちは工場のなかで自衛し、自らを高める術を見出すしかなかったのであろう。

板倉の一番の喜びは、「自分たちがトヨタを世界一の自動車工場にするんだ」を合言葉にして働き、元気なときにその完成を見たことだという。

では息子の世代はどうだったのだろう。

トヨタの品質保証部で働いた二男の鈴男に、「世界企業になって誇らしいか」と私は聞いた。するど、「生産台数が世界一位になったってどうっていうことないよ。みんなそう思っとる」という答えが返ってきた。

「だって、給料が一位にならんかったら、働いとるほうはなんとも思わんでしょう。証券会社で働いた同級生なんかと比べれば、トヨタなんかめちゃめちゃ安い。ポーンとくれて世界一になってれば、だいぶ誇らしいと思うけど。従業員の給料を削って投資に回しとるから生産台数一位になっただけだ」

それから間を置き、「だから、それは本当の一位ではない」と言い放った。

第六話

戦争の神様「ただ、今を生きていこう」

1

父がベトナムで、「戦争の神様」と呼ばれていたことを、當間《とうま》元吾《げんご》は働き先のアメリカで知った。十年ほど前のことだ。

カリフォルニア州サンディエゴにあるブックオフで手にした開高健の『ベトナム戦記』（朝日文庫）に、當間という名前と父たちの戦いが記してあった。インターネットで探っているうちに、その本に父の記述があることを知って、探しに行ったのだった。四十代も半ばを過ぎ、自分のルーツが気になっていた。

それは、一九六四年から六五年にかけて、開高がベトナム戦争（第二次インドシナ戦争）を取材した壮絶な従軍記だった。この芥川賞作家は殺戮の続くサイゴン（現・ホーチミン市）を中心に、南はカントーから中部のダナン、フエに至るまで南ベトナム中を走り回り、時には米軍に従軍して、何が正義で誰が悪なのか、わけのわからない、血まみれ泥まみれの殺し合いやテロ現場、公開銃殺を赤裸々に描いて、高度成長下、米軍の補給庫だった日本の私たちを慄然とさせた。

　このルポルタージュの〈〝日本ベトナム人〟と高原人〉の章に、亡父の姿はあった。開高は元吾の父・元俊《げんしゅん》のことをこう描写している。

〈彼は背が高く、四十五歳くらいで、沖縄人独特の、南方系海洋民族の立派な顔だちをしていた。額秀で、眉たくましく、鼻高く、胸にも腕にも毛がもじゃもじゃと生えていた〉

　元吾は八ページにわたる父の記述を読んで、父と母の出会いを知った。

――そうか、だから俺たちは生まれたのだ。それにしても、親父、かっこいいじゃないか。

　父の當間元俊はアジア残留日本兵の一人である。

　一九四五年八月、太平洋戦争が敗戦に終わったとき、約六百人の日本兵がベトナムに残ったと伝えられている。その中でも、開高がとりわけ元俊に興味を抱いたのは、元俊が戦後、二度も誘拐されていたからである。

父・當間元俊さん

　元俊は一九一九年十月、那覇から東へ十キロほど離れた沖縄県与那原《よなばる》町に生まれている。元吾や後述する友人の報道写真家・石川文洋らによると、五人兄弟の末っ子で、二十歳のときに召集された。熊本で入隊したが、機械いじりが好きだったことから航空隊に志願し、重爆撃機の機上機関士として南方を転戦して、カンボジアで終戦を迎えている。終戦から二か月、現地に放置された元俊らの一団は、ベトナムを突っ切って本土を目指そう、と決めた。ベトナムの先には海があり、船を出せると思ったのである。

集まった八人の日本兵は食料をリュックに詰め、二丁の小銃を持って出発した。その道中の国境付近で、フランスからの独立を目指して戦っていたベトミン（ベトナム独立同盟）に捕われてしまった。

元俊の数奇な人生の始まりだった。

このとき、ベトナムの支配は日本軍から旧宗主国・フランスに戻るかに見えたが、日本敗戦とともに、「建国の父」と呼ばれるホー・チ・ミンが、インドシナ共産党とベトミンを率いてベトナム民主共和国（北ベトナム）の独立を宣言し、フランスとの間で四六年から第一次インドシナ戦争を始めていた。

ベトミンの一団は髭を伸ばした元俊らを怪しんで牢に押し込んだが、日本軍人と分かると丁重に扱った。それは、ベトミン兵に軍事訓練を施してほしい、と願っていたからだった。ベトミンは四年前に結成されたばかりで、抗仏の武器と軍事技術を求めていた。

そのとき、元俊にはもはや帰る場所がない、という気持ちが根底にあった。終戦の二か月前、シンガポールで沖縄が全滅したと聞かされていたのである。

——家族も友人も全員死んだのだろう。

マラリアにかかっていたこともあり、捕えられた以上、彼らの求めに応じるしかない、と彼は腹をくった。開高は元俊たちについて、こう書いている。
〈彼らはあるいは脱走兵であり、あるいは自発的な残留兵であった。ベトナム女との愛にひかされて現地にのこったものもあり、内地に帰ったところで暮していけないのだからと考えて残留したものもあった。彼らはベトミン軍に参加してベトナム兵を帝国陸軍の戦法と規律によって鍛えあげ、たいへん尊敬された。水田、ジャングル、山岳地帯、彼らは貧しいベトナム農民兵といっしょに起居しながらわたり歩き、フランス植民地主義追放のために血と汗を流した。あるものは死に、あるものは生きのこった。ベトナム農民兵たちは彼らを〝戦争の神様だ〟といって尊敬した〉

元俊たちには、現地の女性が看病や世話係として付いた。元日本兵たちを引き留め、監視する意図があったのだが、その女性を愛し娶った者も少なくない。元俊もその一人である。手厚く看病してくれた国防婦人会の幹部女性と結婚して、六人の子供をもうけた。彼女たちは、「この日本人を見張っとけ」と言われていた。自由がない状態が何年も続く。

元俊は男の子供の名前に、自分と同じ「元」の字を入れた。沖縄の門中（父方の一族）の決まりのようなもので、一文字目に「元」が付けば親戚だとわかる。そして、子供たちがいつか、ルーツを求めて沖縄に行ったとき、親戚に辿り着けるように――という願いを込めた。

こうして最初の誘拐は、元俊に家族とベトナムの暮らしをもたらした。

「当時、かなりの数の残留日本兵がいました」と、在ホーチミン日本国総領事だった河上《かわうえ》淳一は言う。そして、一つの論文を私に示してくれた。その『インドシナ残留日本兵の研究』（立川京一）によると、把握されていない残留日本人も上乗せすると、インドシナに残留した日本人は七百人から八百人と推定されるという。

なぜそれだけ多くの日本兵が残ったのか。

〈残留の動機として第一にあげられるのは、独立運動の支援である。自分たちは大東亜共栄圏の建設、アジアの解放を目的に戦争を遂行してきたと信じていた若き日本軍将兵の中には、志半ばにしての突然の終戦を納得して受け入れることができなかった者たちがいる。（中略）自力で日本へ帰ろうと仲間と謀って逃亡し、ジャングルの中を彷徨っているうちにベトミンの前哨部隊に拘束されたという人たちがいる〉

元俊のようにベトミンに加わり、軍事教官として訓練を施した日本兵は多いが、そのほかにもベトナム建国期に金融、財政、医療、資源開発などの分野で貢献した日本人もいたという。立川は残留日本人の功績をこう評価している。

〈現在のベトナム、カンボジア、ラオスが独立国家となる過程において、軍事を中心とした専門的な知識を有する残留日本人が、技術面における現地人の理想と現実のギャップを埋めることによって、インドシナ三国の独立に貢献したと言うことができるのである〉

指導したベトミン兵ら

二度目に拉致されたのは、太平洋戦争から二十年近く経ったころである。ベトミンと別れた元俊は家族とともにサイゴンに移り、コンサルタント会社の日本工営に職を見つけていた。それは南中部・ニントゥアン省の省都であるファンランで灌漑工事に従事していたときだった。街道を車で走っていると、突然、銃撃を受けた。

一九五四年にラオス国境に近いディエンビエンフーの戦いで勝利した北ベトナム軍はフランスを全面撤退に追い込んだものの、インドシナ半島の共産化を恐れる米国の介入で、六四年以降、第二次インドシナ戦争に突入していた。

銃撃したのは、北ベトナムの支援を受けて米軍や南ベトナム政府軍と戦うベトコン（南ベトナム解放民族戦線）の兵士である。彼らは元ベトミン兵士を中心にした反政府組織で、元俊は大声でベトナム語を叫んだ。

「俺は日本人だ。戦争には関係していない」

ところが、拉致されたまま夜道を山の奥へと連行される。ジャングルにたどり着くと、将校が出てきて言った。

「なんだ、ハオさんじゃないか！」

そう呼んだのは、ベトミン時代に訓練を施した部下だった。

元俊のベトナム名は「ファム・ヴァン・ハオ」という。ベトミンに軍事教練をしているころ、最高指導者ホー・チ・ミンの側近だったファム・ヴァン・ドンからもらった名前だ。ファム・ヴァン・ドンはホー・チ・ミンから首相職を継いだ抗米戦争の英雄で、元俊の裏表のない男気を愛し、「お前は義理の弟だ」という意味を込めて、名前の一部を与えたのだという。

元俊を「ハオさん」と呼んだ将校は、その名前の由来も知っていた。彼は拉致したことを詫びて、十一日後に家族のもとに帰した。

だが、元吾によると、元俊が誘拐されたのは、その後もあったという。

「母ちゃんから聞いたことがある。二、三か月も行方不明になって、母ちゃんが諦めかけて、『もうだめだ。お願いします、神様、助けて』って唱えているところへ、父ちゃんが髭ぼうぼうで帰ってきた。母ちゃんはそれから仏教を信じるようになったたって」

その誘拐の際にも、「この男は、ファム・ヴァン・ドンの弟だよ」と証言してくれる者が現れて、命拾いをしたらしい。

一方、地元の与那原町では、元俊は戦争の英霊として扱われ、墓まで建てられていた。「當間元俊さんは生きている」という報をもたらしたのは、首里出身の伝説的な報道写真家である石川文洋である。石川は「戦場カメラマン」として知られ、開高と行動を共にしていたとき、開高から「この地に沖縄出身の當間という面白い男がいるよ」と紹介されたのだった。

死線を越えてきた石川と、「戦争の神様」と呼ばれた元俊は、同郷ということが加わって意気投合し、コニャックのソーダ割をよく飲んだ。フレンチハイボールと呼ばれる、当地流行の飲み方である。

「せめて、一時帰国をさせてやりたい」と石川は考えた。當間は人助けが趣味のような、不思議な男だった。電話を受けると、田舎道を車で飛ばして、病院へ連れて行ったり、修理に向かったり、ほこりにまみれて駆けずり回ったりしていた。子供の躾けは厳しく、いたずらをすると、籐製の棒で尻を叩き、ゲンコツを振るった。古くて面倒見の良い日本人だ。ベトナム人にも日本人にも慕われ、正月には鶏肉や米が大量に届いていた。

元俊自身が「日本に帰りたい」と口にすることはなかったが、故郷のことを思わない日はなかったであろう。日本大使館で借りた日本語の本を、庭で読んでいた姿を子供たちは覚えていた。

石川は、親しかったTBSのプロデューサーに掛け合い、一九六八年にとうとう朝のテレビ情報番組「おはよう・にっぽん」の企画で一時帰国を実現させた。沖縄の當間家は沸き立ち、連日宴会でもてなした。親戚の中には「このまま戻るな。帰る場所は沖縄じゃないか」と言ってくれる者もいたが、元俊は戦争の続くベトナムに戻って家族との生活を続けた。子供たちはベトナムの学校に通い続けた。

「戦争の猛火の中でも、多くのベトナムの人は優しく穏やかだった」と石川は言う。それに、元俊のように若くして出征した者たちは学歴もなく、日本に帰国してもまともな職が得られそうもなかったのである。ベトナムにいれば、語学を武器に日系企業でそれなりの待遇を得ることができきる。元俊はクボタに移り、トラクターや農機具を売っていた。

一時帰国から五年後、劣勢だった米軍はベトナムから撤退し、見捨てられた南ベトナム政府軍を北ベトナムが圧倒して七五年にサイゴンを陥落させる。そして、約三百万人の南北兵士と民間人の犠牲のうえに、南北統一のベトナム社会主義共和国が誕生した。

だが、それは當間家に新たな苦難をもたらした。戦火が止んでも、孤立した社会主義国家の下で経済的苦境が続いたからである。米も小麦も芋も配給でしか手に入らなかった。一千人ほどの村で一日に配給される豚は一頭のみだ。午前三時から列に並び、ようやく手に入れたわずかな肉を家族で食べた。質素な元俊の家に近隣からカネを借りに来る。子供たちに彼は説いた。

「見てごらん。最初に贅沢をしたら最後はこうなるんだよ。真面目に生きて、カネは計画的に使うんだ」

2

サイゴン陥落から二年後、彼を打ちのめす事態が持ち上がった。ベトナム政府から日本人などに帰国要請が出たのである。

初めに中国系住民が追われた。住宅や財産を没収され、郊外に追放される。電気も水道もない地域だ。畑仕事をすればベトナム戦で米国が撒いた地雷が見つかった。とても住めないと、都市に戻って路上生活をする人々が現れた。

そして、日本人が追われる番が来た。日本政府の対応は冷淡だった。

「本人の帰国は受け入れます。しかし、ご家族は日本国籍がないので帰国できません」

つまり、元俊が一人で帰国をするなら良いが、ベトナム生まれの妻や子供たちは受け入れない、というのである。恨みを口にしない元俊が激高した。

「俺たちは命令を受けて戦地に赴いてきた。国のために命を賭けて戦ったではないか。その我々が家族を連れて帰れないとはどういうことなんだ」

元俊らは日本大使館に押しかけた。集まった面々は、祖国の裏切りと悔しさに顔を紅潮させていた。彼らの心のなかに、自分たちはこれまで何一つ国に恩恵を求めたことはなかったという気持ちがある。せめて家族の帰国ぐらいは認めるべきだろう、という怒りだ。

彼らの秘めた憤りを代弁するかのように、開高は前掲の『ベトナム戦記』に書いた。

〈〝欧米列強の桎梏よりアジア同胞を解放する〟という日本のスローガンは当間氏ら無名の日本兵士によってのみ真に信じられ、遂行された。インドネシアにおいても同様であった。スローガンを美しく壮大な言葉で書きまくり、しゃべりまくった将軍たちや、高級将校や、新聞記者、従軍文士どもはいちはやく日本へ逃げ帰って、ちゃっと口ぬぐい、知らん顔して新しい言葉、昨日白いといったことを今日黒いといってふたたび書きまくり、しゃべりまくって暮しはじめたのである〉

元俊たちは政府と交渉を重ねる。一年近く経ってようやく、「子供たちも、現地で結婚をしていなければ帰国してよい」という許可を勝ち取った。元俊の長男と二男は成人していたが、独身だった。

一九七八年七月、當間一家を始め十九家族、百二十人は帰国した。そこから仙台、福島、東京、名古屋、大阪、長崎などそれぞれの郷里に散った。敗戦から三十三年、ベトナム残留兵士の帰還である。

「恥ずかしながら帰って参りました」という言葉とともに陸軍軍曹だった横井庄一が帰還してから六年後、陸軍少尉の小野田寛郎がフィリピンのルバング島から戻って来た四年後のことである。そのときのように世間が沸くことのない、静かな帰国だった。

「胸を張って帰ろう」という元俊がスーツを着込み、一張羅で成田空港に降り立つ家族の姿が写真に残っている。十九家族のうち、沖縄に帰ったのは當間家だけで、「すごく寂しかった」と四男の元吾は言う。

だが、子供たちや妻の戦いはそこから始まっている。

国は面倒を見てくれなかった。元俊の兄が世話してくれた家に住み、ベトナムから持ち出しを許された五百ドル程度の貯金を少しずつ使った。

子供たちはほとんど日本語が話せなかった。帰国の数か月前から、日本語を学び始めた二男の元忠《げんちゅう》が、きょうだいに基本的なあいさつを教えた。元吾は十五歳だったが、言葉が分からないため二年遅れで中学一年に編入した。

元俊の妻は貴子《たかこ》と名乗った。ベトミンの村で頑丈に育った女性だったが、「帰りたい」と何度も泣いた。それでもここで生きるしかない。

元俊は東シナ海を望む本部町《もとぶちょう》の国際友好センターに職を求めた。社会主義体制のベトナムから逃れ、漁船で逃れてきた、いわゆるボートピープルたちが「難民」として集められていた。ベトナムで命をつないだ元俊が彼らを支える番が来た。

二男の元忠は親戚の伝手を頼って内装業に就いた。元忠の週給はわずか八千円ほどだった。事務所の女性と給料の話になって、「私は一日五千円もらっているよ」と言うので、驚いて社長に聞きに行った。

「なんで彼女が一日五千円で、僕は週に八千円なんですか」

「何言ってんだ、お前は！」。激しく罵られた。

「日本語はできない。車の免許も持ってない。何の資格もないじゃないか。冗談じゃねえよ」

「給料あげてもらえないなら辞めます」

と抗弁すると翌週から週給は増えた。それでも一万二千円だった。

そうした理不尽な扱いのなかで、家族の自立心は鍛えられ、それぞれの道を切り拓いていく。

元吾が言う。

「泣き言など誰も聞いてくれないです。父は愚痴や恨み節を言わない前向きの人だったから、兄貴たちも仕事を探して、できることを頑張るしかなかったんです。ただ、今を生きていこうということだったな」

元忠は差別に抗して沖縄を出た。埼玉に移り住み、東京の商社に勤めた。すでに亡くなったが、二人の子供を残している。長男の元順《げんじゅん》は浦添市の自動車修理工場に勤め、故郷のベトナムの女性と結婚をした。古希を目前にしている。

この二人と、帰国時に未成年だった残るきょうだい四人とでは、祖国の捉え方や思想に微妙な違いがあるという。もともと子供たちに、「日本に帰ってきた」という感覚はない。父の故郷へ引っ越すのだ、と捉えている。その中でも、長兄ら二人はベトナム人的な気質を残し、残る四人はそれ以外の世界に同化していった。

三男の元春《もとはる》――音読みだと父親と同じ発音になるので、彼だけは訓読みなのである――はアメリカに渡って大学に通い、シリコンバレーで働いた。IT技術者である。アメリカ人の妻を娶り、大きな家を建てて子供や孫にも恵まれた。還暦を越え、彼の地に根を張った人生だ。

長女の利子は首里の歯科医院で働き、いまは与那原町で独身の元吾と暮らしている。元吾はコンピューターの専門学校を卒業すると、上京して一部上場会社に就職をした。IT技術者としてアメリカに渡り、二十年近く過ごしたが、沖縄に戻り、官庁や米軍基地の通訳業務をしている。

末っ子の元義《げんぎ》はアメリカに留学の後、米軍基地で建築土木の仕事に就いていた。

その家族を見守って来た石川は、「當間元俊という人はベトナムで一生を終えたかったのです」と言う。

「ベトナムの国家体制が変わって追い出されたわけだから、不満は当然あったはずですよ。愚痴を言わない人だったから、口には出さなかった。でもね、今考えると、その子供にとっては、ベトナムから出て良かったのだと思いますよ。苦労の先に新しい世界や希望を見ることができ、新しい道も開けた」

四男・當間元吾さんと長女・利子さん

利子もまた、「日本に来て見聞きしたことは多いです。日本でよかったとは思いますよ」と言った。

その道を開いた父の當間元俊は一九八九年八月十六日、六十九歳で亡くなっている。貴子は二〇〇七年まで生きて、七十八歳で他界した。だが、その遺伝子は世界中で花開き、ひ孫まで入れると、一族は二十人を数えるようになった。「戦争の神様」と呼ばれた男の末裔だ。

貴子は生前一度だけベトナムに里帰りをしている。元俊の死後、彼女は故郷に戻る道を模索したが、結局、沖縄に留まった。

その両親が亡くなった後、子供たちで話し合い、分骨をすることにした。元俊と妻は二人が出会った場所で一つの骨壺に納まり、ベトナムの家族に今も見守られている。

元吾は最近になって、父のような残留日本兵のことを「新ベトナム人」と呼ぶことを知った。

――自分は何人だろうか。

あなたの祖国はどこか、と聞かれることがある。子供のころは、日本人だという感覚はなく、頭の中はベトナム人だった。今は「沖縄人です」という答えが一番しっくりくる。あるいは「新沖縄人」なのかもしれない。

もう一度ベトナムを訪ね、父のルーツを探ってみたい、という思いが強まっている。生前、父に「軍隊で何をしていたの」と尋ねてみたことがあったが、「料理長だったな」とはぐらかすだけだった。人殺しの記憶など子供に話しても仕方ないと思ったのだろう。

多くを語らないまま、父は逝った。

あるいは父と母が出会ったビンディン省に資料が残っているかもしれない。手探りの旅になるだろう。あの日、サンディエゴの古本屋で、父の姿を探したときのように、父のことをもっと知りたい、と元吾は言う。

第三章　ススメ　ススメ　コクミン　ススメ

経済白書の「もはや戦後ではない」という言葉が切り取られて流行語になったころ、少なからぬ子供たちはまだ、継ぎを当てたズボンをはいていた。国民の生活向上の願いをつかもうと、池田勇人内閣は一九六一年、国民所得倍増計画をスタートさせる。梶山季之の経済小説『赤いダイヤ』がベストセラーになるのはその翌年である。相場師たちの壮絶な仕手戦と剝き出しの欲望を描いたドラマが大衆の心をつかんだのだった。安保闘争の空前の高揚が去って、国民は豊かな生活に期待を膨らませていた。ちなみに六二年のレコード大賞は、橋幸夫と吉永小百合の「いつでも夢を」である。

第七話　相場師は身悶えする「ああ、やり続けてしまうんだよ」

1

長谷川陽三は空き瓶の回収業者から身を起こして、「六本木筋」の異名を取った老練の先物相場師である。小説『赤いダイヤ』がバイブル代わりなのだそうだ。

大豆の先物相場で二〇〇七年に大儲けをした後、課税優遇地であるシンガポールに移住したため、「相場師」の前に、「伝説の」といった冠を付けて呼ばれるようになった。すっかり手仕舞いをして、相続税や贈与税のない富裕層の地に逃れたと見られたのである。彼の国で資産を家族に移したり、残したりしても税金はかからない。

七年前に私がシンガポールで会ったとき、六十六歳だった彼は永住権を取得して一千坪の大邸宅に住んでいた。オフィスは新興の金融国家を象徴する超高層ビルの五十八階、そこで不動産会社経営者に納まっていた。移住の理由を、一つは節税のため、もう一つは相場をやめるためだ、と言った。

「相場師の結末はひどいんだよ。青山にマンションを買った奴なんか、もう乞食のようになっちゃって。みんな相場と税務署にやられていなくなった。相場師っていうのは吉原の女郎みたいなもので、足抜けしても普通の生活には戻れず、身悶えするところがある。でも還暦過ぎるとやめなくちゃいけないんだ。だから、俺は六十歳過ぎてシンガポールの永住権を取って移住したが、あれは相場の世界から遠ざかる一歩でもあったわけですね。日本にいてそばにうろちょろ相場やる人間がいたら、ついやってしまうじゃないですか」

だが、彼はやっぱり先物相場から足を洗えなかったのである。

ただ元の世界に戻っただけではない。ニューヨーク・マーカンタイル取引所で取引されているWTI原油先物商品でまた稼いだという。彼の弁では、二〇〇七年に続き「二度目の百億円を取った」という。それから娘の教育のためニューヨークに移り住み、米国と、キャピタルゲイン——先物取引や株式の売買益にも税金がかからないシンガポール、それに不動産会社を置く日本の、三つの国を行き来している。

税金の納税額を最少にする、「永遠の旅行者（perpetual traveler）」と呼ばれる生き方である。

長谷川陽三さん。日本のオフィスで

彼を「後列のひと」と呼ぶべきかどうかは異論もあるだろうが、徒手空拳のところから出発して、七十三歳になってなお、相場で家族と社員を支える唯一無二の人生とその時代を、彼の証言で綴ろう。

長谷川の生家は金沢城の大手門のそば、大手堀沿いに金沢和傘の店を構えていた。店の前に桜堤が続き、長谷川が生まれた日は、枝からこぼれた花びらの雨が降っていたという。

「あんな見事な桜は見たことがなかった」。母親の君子《きみこ》はそれが特別な瑞祥であるかのように、繰り返し語って聞かせた。二男の啓二をはしかで亡くした直後に生まれたため、二人分の愛情を受け、幼少時は母親の目の届く家の中にいて、ひ弱で色白、よく女の子に間違われた。

父方は、歌舞伎劇場の大道具師である名跡長谷川勘兵衛の直系と聞かされている。だが、祖父の代で分家に譲ったらしく、父親の清五郎は金沢で出会った君子の実家で家業を手伝っていた。その傘屋に飽き足らなかったのか、それとも地道に働くことが性に合わなかったのか、いずれにせよ、清五郎は米国に手作り民芸品を輸出しようとして多額の借財を抱え、店を畳まざるを得ない事態に陥る。一家で夜逃げ同然に大阪に出、さらに東京の北区赤羽に逃れた。

清五郎は日本大学で土木建築を学んだのだが、それから何をやってもうまくいかなかった。勝負事が大好きだったことも祟ったのだろう。麻雀屋では三男の長谷川を膝に乗せ、競馬場に手を引いて行ってはよく負けていた。千葉県船橋市の中山競馬場から駅まで続く、いわゆるオケラ街道の光景を長谷川は覚えている。

「帰りには美味いものを食おうな。お前はオムライスが良いか」

父はそう言って勝負しては、またもや負けてすっからかん。夕暮れに親子でとぼとぼと家路についた。

「清五ちゃんは、前橋の繭取引でも大損したんだ」

親戚は寄り合うとそんな話もした。かつて群馬県前橋市に繭糸の商品取引所があり、父親はそこで先物に手を出し、ここでも負けたというのである。親戚の面々は清五郎の借財のためにひどい目にあっている。だから後年、相場師になった長谷川に向かって、「血は争えない」と嫌味を言った。「俺はその血は引いていないよ」と言い返したが、だらしない親父は嫌いではなかった。

相場師たちの行きつくところを長谷川は「奈落」と表現するのだが、奈落の世界に彼を誘ったのは小豆である。先物市場では「赤いダイヤ」とも「赤い魔物」とも呼ばれている。

あとで考えると、奈落への始まりは中学三年生のころ、TBSのドラマ「赤いダイヤ」を見たことではないかと思える。ドラマは週刊誌のトップ屋から転じた梶山季之の同名小説が原作で、小豆相場を舞台に強欲の男たちが次々と登場し、「買い」と「売り」のマネーゲームを繰り広げる。そこは人間の才覚がモノをいい、情報がカネになる血流沸騰の世界だ。一攫千金の夢があり、借金地獄があり、どろどろとした陰謀があり、それを跳ね返すアウトローたちがいた。

世は高度経済成長の前夜である。前々年の一九六一年四月に、所得倍増計画の積極予算が成立し、国民はこぞって高度成長の波に乗ろうとしていた。六二年にはフジテレビで株式相場師「ギューちゃん」の破天荒な一代記「大番」が人気を集めている。原作は獅子文六の大衆小説で、主役は渥美清である。こちらの舞台は東京の証券取引の街・兜町。そこから日本橋川にかかる鎧橋《よろいばし》を挟んで、東京穀物商品取引所のある蠣殻《かきがら》町があった。二つの街で勝負師たちがうごめいていた。

――これが男の生き方なんだなあ。

長谷川はテレビの前でぼんやりと思った。赤羽のアパート三畳一間に住む長谷川家は貧しく、所得倍増に向かうバスにも乗ることができないでいた。母親は保険外交員として働き、彼も小学生のときから新聞販売店の拡張員を手伝ってカネを稼いだ。中学生になってもビルの窓拭きやガソリンスタンド、酒屋でアルバイトをして家計を助けた。

転機は板橋の都立北園高校を卒業した後、進学をあきらめて空き瓶回収業を始めたことだ。酒屋でアルバイトをしているときに、出入りの回収業者から「儲かるぞ」と聞かされたのだ。トラックを借りて浦和や大宮の酒店、キャバレー、団地、農家を回って、一升瓶やビール瓶、コーラ瓶をごっそり集め、酒問屋や空き瓶問屋に納めた。酒屋の倉庫、キャバレーの裏口、農家の庭先、そんなところで一本一本集めた空き瓶と現金こそが信じられた。そこへベトナム戦争の特需が重なって空き瓶の値が暴騰し、三年で五百万円が残った。学歴に無縁の者にとって、時代の波は乗るものというより、もがいた後に付いてくるものだった。

そのカネで埼玉県の西武新宿線新所沢駅前に「テーク5」という喫茶店やマージャン店を開く。

二十二、三歳でいずれも繁盛させ、得意満面だったのだが、何か今ひとつ物足りない。心の奥底で火種のようなものがくすぶっているところに、商品先物取引の外務員が店に飛び込んできた。

「小豆相場をやらないか。儲かるよ」

耳に心地良いささやきだった。

——あの赤いダイヤだ。面白そうじゃないか。

さっそく勧誘に乗って百万円を投資した。ところが、たった一週間で失ったうえ、一か月後には三百万円の損を抱えた。それは喫茶店一軒を開くことのできる金額だった。

悔しくてしかたなかった。なんとしても取り返したい。その一念であっちの世界に行ってみようと心を決めた。

店を知人に任せ、新聞の求人欄で探した蠣殻町の商品先物取引会社に入り、すぐに大手の「小林洋行」に転じた。二十六歳になっていた。初めは一般営業社員だったが、二年後に歩合外務員に志願した。歩合外務員は手張りができるので、都合が良かったからだ。かき集めた自分のカネで相場を張るのである。

歩合外務員は「張り子」と呼ばれていた。自分の二人の娘に「高子」「安子」と名前を付けるような相場中毒者や一癖も二癖もある外務員がゴロゴロいて、生糸、乾繭《かんけん》、ゴム、小豆、大豆と得意な分野を持っていた。

おんぼろビルの一階に場電、つまり取引所に売買注文を出すための専用電話のディーリング場があった。一階から三階までの間に張り子や店頭客、それに「客外交」と呼ばれるもぐりの外務員がひしめいていた。客外交は会社に籍を置かずに客に相乗りして相場を張る連中である。百鬼夜行、鬼の群れにあって、彼だけが書生風の丸みを帯びた小顔で、眼鏡をかけていた。ドスの利く低い声なのにチビな身体つきだったから、初めて会った客たちはことごとく不思議な顔をした。彼らは猪首の大男を想像していたのだった。

これは一人前になった後のことだが、ヤクザ者が「長谷川はいるか！」と事務所に怒鳴り込んできた。彼が黙って進み出ると、「いいから長谷川を呼んで来い！」と怒鳴り、しばらく問答した挙句、「なんだ、セイガク（学生）じゃねえか」と拍子抜けしたように言った。

彼は業界紙を目を皿のようにして読みながら地下鉄で茅場町に通っている。一方、稼ぐ張り子になると、一着三十万円もする黒のスーツを着、ポルシェやマスタングに乗って昼頃に出勤してきた。「マッチャン」と呼ばれる男には取り巻きがいた。彼が出てくるなり外務員たちがワッと小さな輪を作って、彼の相場解釈に耳を傾ける。

サラリーマンの初任給が月五万円の時代だ。稼ぎ頭は玉《ぎょく》の割り戻し、つまり一か月の歩合金を一千万円近く稼いでいた。「凄まじい玉割りじゃねえか」と同僚たちは羨まし気に言った。

ある日、銀座のクラブのママが集金にやって来た。張り子の一人が、

「部長！　ちょっと金貸してください。飲み代を払わなくちゃなんないから」

と声を上げた。

「いくらだ？」

「百万でいいですよ」

すると、部長は自分の引き出しから札束を取り出し、ポンと投げた。

——一か月ほどの飲み代が百万円もして、こいつらはそれを平然と使っているのか。

長谷川は目を丸くした。

営業マンは会社で「新規（客）を取ってナンボ、手数料振ってナンボだ」と言われていた。だが、長谷川はそんな光景を見ていたから、新規客の開拓は一件ぐらいにして、電話勧誘もほとんどやらなかった。商社や問屋など現物筋や業界紙記者を回って情報源をつかむことに忙しかったのだ。銀座で湯水のようにカネを使う先輩たちは新規客作りなどせずに、手張りで稼いでいるのだった。

先輩の一人は独立して会社を興した。その彼の相場講釈を聞いていて、（なーんだ）と思った。

——これぐらいのことでやってけるのなら、俺も必ず成功できるはずだ。

そのころ『赤いダイヤ』を繰り返し読んでいた。小説に登場する主人公は、背が低く不格好だが、猪突猛進する木塚慶太である。木塚が師匠と慕う大相場師が、赤坂の待合で女将に語り掛けるシーンがある。

〈「相場は……知恵だということじゃった」

「まア……知恵？」

「よく〈一運・二金・三度胸〉というが、あれは間違いじゃ。一に作戦、二に資金じゃ」

「三は？　三は度胸？」

「いや……三は政治よ」

「セイジ？　なによ、それ」

「わからんかのう。政治力じゃ。政治を利用することじゃ」〉

木塚を小柄な自分に重ね、それらの言葉を自分なりに解釈して、この小説を生涯のバイブルだ、と言うようになった。すると小豆に強い執着が生まれる。それから彼が小豆相場に手を出すと、しばしばドロドロの仕手戦に陥ったが、これは縁があるということなのだと割り切った。

後年、ヨットを持つほどの資金を稼ぐと、愛艇や自身のメールアドレスに「redbeans」と入れ、犬も「コマメ」と名付けた。それは危険な職業に取り憑かれていったことを意味した。奈落に落ちていったのである。

初めは百万円ほどを取ったり取られたりしていたが、相場の世界に入って三年後、大豆相場が大暴落して、二千万円の借金を背負った。新所沢に持っていた店をそっくり手放した。もう戻るところはなくなったのだ。

エビを食べなくなったのはそのころだ。相場観が外れることを「曲がる」と言う。損をすることを意味するので、曲がっているものはエビでも嫌った。秋田県の「大曲」は地名でも嫌いだったし、首都高速の後楽園近くに大曲カーブがあり、そこを通過するときは息を止めていた。反対に「当たる」という言葉は大歓迎で、ふぐは好んで食べた。すがるものがないからゲンを担ぐのである。

その後も少し儲けてはすってんてんになった。口惜しさのあまり、便所で泣いたこともある。だが、不運を嘆いてばかりの奴、叩かれて起き上がらない奴は、奈落に落ちて死んだも同然なのである。また勝ちゃそれでいい。裏切ったって何したって浮き上がればいい。

仕手戦になれば、お友達になって共同戦線を張ったり、だましたり、離合集散はこの世界の常だから、誰も長くは気に留めない。だますことはしないという趣旨の連判状を書いても臆面もなく裏切る。それも二度三度、平気で土下座して許しを乞う。売り方と買い方が拮抗し、相当量の勝負になった場合は相手を殺すか、拉致することまで考える。欲が剝き出しの、わかりやすい人間たちの世界だ。

その点、政界はだめだ。カネに汚く、きれい事を口にしながらじっと裏切りの機会を待っている。本当に政治家はずるい、と彼は思う。

2

それは、第二次石油ショックの混乱がようやく収まった一九八一年のことだ。「桑名筋」と呼ばれる相場師が小豆相場で百億円を儲けた、と蠣殻町で騒ぎになった。

名を上げたのは、三重県桑名市で相場を張る板崎喜内人《いたざききなんど》である。神主の息子で、人に会うと「あー」と拝む癖があり、奇妙なカリスマ性を備えていた。

百億円取ると「大相場師」と呼ばれる。だが板崎は物価が二桁の上昇率を記録していた七二年から七三年にかけて、毛糸相場などで百億円近いカネを稼いでいた。すでに横綱格の大相場師だったのである。

このとき、板崎が先物会社を営む桑名の街には新聞や雑誌の記者たちが押しかけた。第一次石油ショックを契機に買い占めと売り惜しみのニュースがあふれていたときだったから、成り上がりの相場師は「狂乱物価を煽るインフレの寵児」と叩かれ、作家沢木耕太郎の『人の砂漠』(新潮文庫)にも登場した。「鼠たちの祭」という項の主人公である。その記述については次の第八話で詳述する。

板崎が最初に大儲けした金額は、当時の週刊誌などには五十億円とも表記されている。総務省の消費者物価指数をもとにすると、物価は一九七三年当時から約二・六倍に上昇しており、板崎が儲けた五十億円を現在の価値に置き換えると、百三十億円ということになる。現実の生活感覚からすると、当時の五十億円はその数倍にあたるという説もあって、狂乱物価の中、トイレットペーパーの買いだめに走る庶民の嫉妬をかきたてる桁外れの利益だったわけだ。

一方の長谷川は小林洋行を退社し、白い顔を赤くしてもがいていた。別の会社に属しながら、手張りのために小さな先物会社を持っている。そんな彼を救ったのはやはり小豆だった。七八年に小豆相場で一億円もの大金を初めて手にする。借金を完済し、さらに粗糖相場で儲ける。意気揚々と母親に百万円を持って行った。

「お前は何か悪いことをしているんじゃないか。大丈夫かい」

君子はそこにツキのない夫の影を感じたように驚き、不安を隠さなかった。

そして、ヤクザや大相場師と勝負する機会が訪れる。

町井久之という暴力団「東声会」のドンがいた。千五百人の構成員を擁して東京の六本木を闊歩した裏社会の大物である。町井は小豆相場にも手を出し、「六本木筋」と恐れられていたが、彼と板崎が買い方連合に回って仕手戦を演じた。ところが、その買い占めは破綻して一九八二年、小豆相場は決済不能の大暴落に陥った。前年に百億円を取った板崎は全財産を吐き出し、町井は大きな痛手を受けた。

そのとき、相場を仕手崩れに追い込んだのは長谷川である。板崎は町井と連合を組んでいたので、引くに引けなかったのだろう。当時は長谷川も六本木に事務所を構えていたので、俊敏に立ち回った彼が「六本木筋」と畏敬を込めて呼ばれるようになった。

修羅場を越えたのである。

大相場師の板崎が破綻して四年後、五十一か月も続くバブル景気が訪れた。

地価も株価も暴騰し、相場界では「常勝将軍」「風雲児」「ギューちゃん」「北浜の女相場師」などと異名を取る相場師が騒がれては、泡のように消えていった。

「相場師はみんな最後はやられるんだ。相場には天賦の才が必要だし、先物取引で儲け続ける確率は一％未満だと思う。だから、東京で不動産会社を任せている息子たちには、相場はやるなと言っているよ。山形県酒田市の米問屋で、米相場で巨利を得た本間家にも『相場手出し無用』という家伝がある。相場でなければ、脱税でね。経費がほとんどないから、国税当局にごっそりもってかれる。カネを払うぐらいなら刑務所に入るっていう奴や獄中死したのもいるんです。俺が知っているだけで三人が塀の向こうに落ちたよ」

そう語る長谷川が生き延びた理由がいくつかある。一つは博打を嫌い、「ハイエナ」と呼ぶ執念深いやり方を続けたことである。

「相場と博打は似て非なるものなんだ。えいやっ、と勝負してはいけない。カジノで儲けることができますか。できないでしょ。大王製紙の創業家会長みたいに百十億円も溶かした奴さえいる。相場を取るというのは、大統領だったトランプのようにしたたかで、往生際が悪い奴じゃないといけない。いまはパソコンでもスマホでも相場が張れるし、場所も選ばないので、弟子と称する男や弟子志願者がたくさんいるが、執念がないわ。死ぬ気でいかなきゃ取れませんよ。

俺のやり方ってぇのは、百人の参加者がいれば、そのうちの反対の一人になればいいというもんなんだ。『人の行く裏に道あり花の山』という言葉があるが、一般心理の逆を行く張り方なんだな。九十九人が元気で生きてるうちは黙って見ていて、そいつらがやられそうなころを見計って出て行くわけだから、ハイエナのようなもんだよな」

生き延びたもう一つの理由は、早い時期に節税対策に気付き、退け時を計らっていたことである。彼はバブル期に入ると、累損のある会社を買い取ったり、香港や台湾に投資会社を設立したりしている。それもこれも国税対策だ。競走馬を持っていたのも節税のためである。馬主になると、競馬の損失と所得を合算して申告することができる。だから、自分の馬が走るのを見に行ったこともない。

二〇〇七年に大豆相場で百億円ともいわれるカネを稼ぐと、翌年、シンガポールにさっさと移住して永住権を取った。当時はカネを使うか頭を生かせば永住権が取れたのである。

彼は三十四歳下の妻との間に娘と息子がいる。三人目で巡り合った、うるさ型の愛妻である。他にも三人の子が日本や中国に住んでいるが、彼は新たな家族とシンガポールに渡って、日本の「非居住者」となった。彼の地は富裕層を優遇する「オフショア金融センター」（課税優遇地）なので、家族に無税で海外資産を完全相続させることができるのだという。

移住のもう一つの目的は、先物相場から手を引くためだった。だが、四台の携帯電話とｉＰａｄで先物相場をのぞき、少しずつ張っているうちに、やはり足を洗えない自分に気付いた。

再会した私には「ああ、やり続けてしまうんだよ」とうめくように漏らした。相場は一瞬たりとも退屈させない麻薬なのだ。そしてこう独白する。

「もし生まれ変わることがあるとすれば、ためらわずにこの修羅の世界に舞い戻ることを望みますよ。皆さんは、『やめておけば資金は残るのに』と言い、『あのときにやめておけばよかった』と言うでしょ。でも『あのとき』っていつなのかね。ここまでいったらやめんだ、と決めてやるようじゃ、一億円も取れないよな。とことんまでいかずにやめてしまうようでは、冒険家や探検家の魂は持ってねえやなあ。登山家がエベレストを登り切ってしまったらもういいや、という気持ちになりますか。相場師ってえのは、よく言えば冒険家に似たところがあるんですよ。ただの金儲けじゃない。俺の見通しは当たってる、という感覚や生きがいを賭けた闘いですよ」

それに原油取引で二〇一七年ごろまでに百億円ほど稼いだのも、再び相場の世界に戻ったからだ。今はニューヨークとシンガポールと東京に会社を持って、ぐるぐる回る生活をしている。二〇二〇年はニューヨークから四月に東京に帰ってきたが、コロナ禍で戻れなくなり、ひどく往生したものだ。

日本に一定期間以上いると、「居住者」とみなされ、シンガポールで儲けた金も二〇％課税されてしまうのだ。これが永住権のあるシンガポールならキャピタルゲイン課税がゼロになる。合法的に節税ができる。

六年前にバイオリンを習っていた娘たちのために、アメリカで「E―2ビザ」を取った。「投資駐在員ビザ」と翻訳されている。ニューヨークに会社を買って、家族で移住するために。「グリーンカード」で知られるアメリカの永住権を得るには、アメリカに何日以上滞在しないといけないという条件があるし、何よりUS Personと言われる居住者になってしまう。そうなると、アメリカはワールドワイドタックスと言って、世界中の収益をアメリカに納めなきゃいけなくなる、と彼は言う。

「ところが、E―2ビザの良いところは、百二十日以上アメリカにいなければ、US Personにならないんだ。だから、ヘッドクォーターをシンガポールに置いて、子供や女房をニューヨークに置いていても、私がシンガポールや日本やイギリスをぐるぐるまわっていればいい。『永遠の旅行者』と呼ばれているんだ。税金を合法的に払わない方法だが、アメリカでも取った分は払いますよ」

以前は「資産二、三百億円」と答えていたが、今は数えてないということにしている。百億円を二度取ったのは彼の自慢だが、もっと凄い男がいる。長谷川が仰ぎ見るのは、数学者のジェームズ・シモンズが創業した「ルネッサンス・テクノロジーズ」である。ヘッジファンドに数学的なアプローチを取り入れている。数学者や物理学者、天文学者など三百人を雇ってコンピューター取引の仕組みを作った。勘と経験の投資判断を数学的なモデルで置き換えて相場取引をしているというから、長谷川とは対極にある。

湾に面した広大な土地にひっそりと会社を置いていた。長谷川が様子を見に行って、門のところでカメラを構えたら、拳銃を下げたガードマンが出てきた。

下手したら撃たれる、と思って逃げた。闘ってみたいと思うが、向こうは運用資産七百五十億ドルだ。停電にでもなってくれたら、一度ぐらいは勝てるかな、と夢想したりする。

今はもう少し、十六歳の娘と三つの長男のために儲けたい。その娘は「パパ、相場取ってね」と言う。「私がスーパーコンピューターで、アルゴリズムを使って、相場を取れるようにプログラミングしてあげる」と。

いつか娘に「パパ、相場はもうやめて」と言われるときが来るかもしれない。

でも、きっとやめられねえだろうな。

第八話　老人施設の「敗れざる男」
「死ぬまで相場や!」

1

米国、シンガポール、日本を巡る先物相場師・長谷川陽三は、知人や相場支持者たちに向けて、「建玉推移《たてぎょく》」と題したビジネスメールを毎週、配信している。口だけでなく、文章もなかなか達者なのである。

〈各位、取り組み送ります〉

毎回、その書き出しで、米国発の相場観を披露する。

その筆は大統領だったトランプを「暴君」と叩いて、ローマ帝国を滅亡へと導いたアッチラ大王に例え、市場介入を続ける日銀総裁・黒田東彦《はるひこ》を買い占め屋と書く。一方で相場情報や彼のニューヨーク郊外の生活をため息交じりに描いて、なかなか読ませる内容である。

彼は三度の結婚を経験しているが、いまは恐妻家だそうだ。

〈相場をやっていると強烈なストレスを受ける。いいえ、女房から受けるストレスに比べれば屁みたいなものです〉と書いたり、〈ダイヤモンドの価格を調べました。毎年右肩上がりで着実に上がっているのです。なんと！　2000年比100％近く上がっていました〉と記したりして投資家の関心を惹きつけ、こんな落ちをつける。
〈口が裂けても女房にこのことは言えません。（暴落していたら良かった）。そんな彼女が、日本でデビアスの指輪を落として大騒ぎしました。結局見つからず、「日本の治安が悪くなった」と悪態をついていました。挙句の果てに
「あんな小さいのじゃ、誰も気が付かないよ」〉

その〝建玉通信〟に近年、頻繁に登場したのが、三重県桑名市の老相場師・板崎喜内人《きなんど》の消息である。長谷川よりも十三歳上の、八十六歳に達した伝説的な存在である。

その老相場師について、長谷川が書き始めたのは、親しいからではない。前話で紹介したように、二人は小豆相場をめぐって激しい仕手戦を演じ、長谷川が板崎を破滅の淵に追いやっている。宿敵だったのである。この人物がサービス付き高齢者向けマンションでずっと、金（ゴールド）の相場を張り続けていた。それに驚きを隠せなかったからだ。

板崎は脳梗塞で半身の自由を失い、さらに妻も亡くしている。妻は「こいつがいなければ、俺はなにもできないんや」と漏らしていた長年の伴侶である。老後を生きることができるのは、ひそかにカネの管理をしていた彼女のお陰だ、という人がいる。その糟糠の妻のいない不自由と孤

独のなかで、彼は「死ぬまで相場を張る」と宣言している。

知人たちは、「相場の魔力に取りつかれているんです。少ない資金を大きくする成功体験、そのときに出るアドレナリンが脳を駆け巡る快感をいまだに味わっているんですよ」と言うのだが、長谷川の考えはちょっと違う。

敗れても敗れても相場を張る狂気のうちにこそ、最後の相場師は生きがいを感じるのだ。

長谷川は二〇一九年八月十九日の配信メールに、敬意を込めてこう記した。

〈本物の伝説の相場師、桑名筋こと板崎喜内人が金を滅多買いしている。（彼は）昭和47年〜昭和48年にかけて狂乱物価に沸く中、毛糸相場で100億円儲けた。人呼んで「インフレの寵児」という。

板崎喜内人さん

ジョージ・ソロスがポンドで1億ドル儲けたのより20年も前の事になる。その時は、（板崎が）世界ナンバーワンだったことになる。
シンガポールやニューヨークで格好つけている、似非《えせ》伝説の相場師と違い正真正銘の大相場師である。数年前、脳梗塞を患って半身不随になり、80代半ばにしてまだ相場する。
「死ぬまで相場や！」。電話越しでこの一言を聞いたものとし

て、疑いない〉

〈似非伝説の相場師〉とは長谷川自身のことである。斯界の先輩に敬意を込めて書いているのだ。

さて、昨今の板崎の金相場の話である。板崎は数年前から「必ず高騰する」と言って金を買い増ししていた。長谷川は人づてにその執念を知り、その予言が現実に向かうのを見て仰天した。そしてこのメールの末尾を次のように締め括った。

〈相場で一番まずいのは、焦りである。板崎の「ゴールド滅多買い」を聞いて焦ってしまった〉

それから三か月後、長谷川はニューヨークから帰国し、桑名市の板崎に会いに行った。「ゴールド滅多買い」に心動くものを感じたのだ。

それに加えて、仕手戦で激しく争った彼らのなかには、戦友のような意識が強い。売り方と買い方双方で盗聴器を仕掛けあったり、陰謀を巡らしたりして戦い、生き残って晩年を迎えた。そんな〝あらくれ者〟同士の共感がある。二人の共通の知人が言う。

「あれはボクサーと一緒で、やっとる時は思い切りたたき合いで、相手が白旗あげて『ごめんなさい』をしたら、それに合わせてやる。とことん殺すまではやらん、それが相場師の流儀だ、と板崎さんは言っていた」

面会した直後の「建玉推移」(二〇一九年十一月十八日付)は驚きに満ちていた。

〈先週、桑名筋こと板崎喜内人のいる介護施設を見舞いに訪ねた。

「あんた長谷川さん、もっとハンサムな男やったけど」といつもの調子。昭和48年に100億円儲けた男がそこにいた。相場師は場所を選ばない、シンガポールにいようが、NYにいようが、気力が充実出来れば良し。

85歳にして半身不随でありながら、まだ相場を張る気でいる。

本物の大相場師を見た〉

そのとき、板崎は簡素な個室にパソコンを備え、不随になった半身を励ましながら、ひとり、金の相場を張っていた。部屋に迎え入れるなり、「あー」と手を合わせた。神主の息子だったな、と長谷川は思い出した。

「君は老けたな」

伊勢なまりで板崎は笑いかけた。長谷川が言い返した。

「三十年前は誰でも若いよ。あんた、まだやっているのか」

「わしはあんたと違って不器用だから、相場しかないんや」

長谷川は大豆相場などで百億円といわれる利益を得た後、二〇〇八年にシンガポールに移住した。その課税優遇地で節税のかたわら、不動産業の看板を掲げ、原油の先物取引でも百億円を儲けた、と豪語している。

そして、ニューヨーク郊外に住み、シンガポールや日本、英国などを回っている。「永遠の旅行者」と呼ばれる究極の節税策である。そんな器用な真似は、桑名という土地に張り付いて生きる自分にはとてもできない、と板崎は言うのだ。対する長谷川はこう思っていた。

――棺桶に片足突っ込みながら、ここでゴールドの大相場をものにしているのか。凄いのはあんただよ。

それから、板崎の「金の滅多買い」の話になった。板崎の話によると、長谷川が日本を離れた二〇〇八年ごろからずっと金の買い相場がだらだらと続いていた。数百万円から始め、どんどん買い増しして、とうとう二十億円にまでいったという。

部屋には、ベッドにソファ、トイレ、風呂を備えていた。移動は車いすに頼っているようで、ほとんど外出はせず、パソコンで相場のチャートを見たり、電話をかけたり、テレビを見たりしているという。

知人らによると、板崎は数年前まで「小豆御殿」と呼ばれる邸宅に住んでいた。そこは今住む施設から二キロほど離れ、緩やかな坂を上り切って、遠くに伊勢湾を望む三重県桑名市の高台にあった。

邸宅の一室には、先物商品の値を示す手書きのチャートが張り巡らされ、彼は「なかなかいい動きになってきた」などと語っては、電話で注文を出していた。夜になると御殿から、木曾三川の河口に立つナガシマスパーランドの花火が見えた。

全盛期、彼が桑名市に一億円の寄付をしたこともあり、同業者や地元の経済人の中には、隣国の戦国武将にちなんで、「昭和の道三」と持ち上げる声もあった。二〇二〇年放映のNHK大河ドラマ「麒麟がくる」で本木雅弘が熱演していたが、油売りから美濃の国主に成り上がった斎藤道三のような、斯界の「マムシ」というのだった。

夫人が亡くなると、高齢者向けマンションに移り、やがて訪問客も少なくなったという。コロナ禍が広がってからは面会が禁じられている。

一方の長谷川はニューヨーク郊外の豪邸に住んでいる。その目には板崎の暮らしは質素すぎるように見えたが、板崎が買い進めた金の価格は世界的な金の高騰で膨れ上がっていた。そのときに決済していれば大金持ちだったのである。

ただし、彼はそれを売らなかった。「金はもっと急騰する。自分の考えでは二〇〇〇ドルまで上がる」と彼は主張した。

――まさかなあ。

長谷川と一緒に面会した知人たちは思った。

田中貴金属工業の調べによると、二人が面談した二〇一九年十一月、金の海外ドル建価格は一トロイオンス（国際的に用いられる金価格表記で約三十一グラム）当たり、最高値でも一五〇九ドルである。一三〇〇ドル台だった年初から値を上げていたものの、それ以上行くだろうか、と知人たちは訝しんだ。

2

ところが、二〇二〇年の幕開けから金価格は上昇を続け、四月には一七四一ドルとなった。このときの再度の驚きを、長谷川は〈金は大相場師板崎の2000ドルが現実味を帯びてきた〉（四月十一日付）と書き、一七〇〇ドル台が続いた翌月にはこう綴っている。

〈桑名筋板崎のゴールド2000ドル説に提灯をつけて、金を買うのがいいかも〉

この文面では、引退したとみなされていた「桑名筋」がすっかり復活したことになっている。そして二〇二〇年八月、とうとう最高値が二〇六七ドルに達した。

板崎の予言は当たったのだ。だが、板崎は「もっと上がる」と指摘して、やっぱり売らなかった。長谷川と板崎の再会の場に同席した元三井物産フューチャーズ社員の花田浩が言う。

「利食い（利益確定売り）すれば大金が入っていた。けれど、板崎さんは自分の相場観に信念を持っていて、自分の信じている金価格にまで高騰するのを見たいのです」

そしてこう続ける。

「普通の人じゃおんなじことはできんのですよ。一回資産が増えたら人はそれを守りたくなって、減っていく恐怖が芽生えます。百万のお金がすぐ五千万、それがまた五億になったりしますでしょ。だけどその五億が三日でなくなったりする。その恐怖感は、持たざる人が減ることに感じる恐れより圧倒的に強い。その恐怖があの人には感じられない。『ああ、失敗したなぁ！』と時々言うけれど、超楽天家ですし、お金をお金と思ってないんでしょうね、もう。お金は数字、お札は紙切れに過ぎないのかもしれません」

作家の沢木耕太郎は大阪や東京の商品相場の街を歩き、一九七五年、「調査情報」に「鼠たちの祭」を書いている。その一編はのちに新潮文庫『人の砂漠』に収録された。

「鼠たちの祭」の主人公が、徒手空拳から五十億円を作り出した痩身色黒の板崎だった。髪を短く刈り込んだ彼は、そのとき沢木にこう語りかけている。

〈三十億、五十億というのは枝葉のことです。自分が使い切れん金をいくら持っとっても同じです。紙切れもいっしょです〉

それから半世紀近く過ぎて、板崎は同じことをやっていた。

二人が面談して一年後、金価格は暴落したり少し回復したりして、板崎の資産は大きく目減りしたという。長谷川は「狂っているように見えるが、彼の心境はよくわかるよ」と語る。

「板崎のように、もう一度百億取りたいと思っている人間にとっては、二十億でも三十億でも通過地点なんです。利食いの誘惑に耐えることができなければ、大きくは勝てませんからね」

その長谷川と板崎にはいくつかの共通点がある。

一つ目は、「玄人と素人の差は利食いをいかに我慢できるかだ」と投資家たちに説いていることだ。素人は値上がりすると、すぐ利食いを仕掛けて儲けようとし、玄人はいかに利食いせずに利益を伸ばすかを考えるという。

前掲の花田は、長谷川からこっぴどく叱られたことがある。ある商品相場で売るか迷い、電話で相談したところ、怒声を浴びた。

「そこで手を離すな。売るな！　ここでびびったらあかん！」

買い方一辺倒の板崎はもっと強い言葉を吐いただろう。

二つ目は、相場師と呼ばれること自体に誇りを持っていることである。実際に二人とも商品先物取引会社や不動産会社のオーナーだったのだが、「経営者」とか、「投資家」と持ち上げられると、必ずといっていいほど、「俺はそんなものではない。相場師だ」と胸を張る。

「相場師」は彼らにとって、職業というよりも、相場の熱にうかされた者たちの、現役の称号なのだ。

板崎は三重県の神宮で生まれ、長谷川は金沢市の商家で育ったが夜逃げ同然に東京に出てきている。しかし、二人はともに高卒、先物取引会社で相場の道をたたき込まれてから、相場師として独立し、起業している。これが三つ目の共通点である。

冒頭に記したように、板崎は長谷川の一回りほど上で、相場界では大先輩である。長谷川が一九七四年に商品先物取引会社に入ったとき、板崎はすでに相場界の有名人であった。二十六歳で二億円を稼ぎ、一年でそのすべてを失い、前年の七三年には、桑名を拠点に毛糸相場だけで三十億円、綿糸相場などの利益を加えると五十億円を稼いだ、と伝えられる。

折しも、第四次中東戦争を契機にした第一次オイルショックで物価は急騰し、トイレットペーパーや洗剤などの買占めが横行していた。板崎は「相場荒らし」と新聞で叩かれ、週刊誌では「日本一の相場師」「乱世の英雄」と騒がれていた。

しかも、物価上昇の原因と批判されても、板崎は記者たちから逃げない。

「オーストラリアの大旱魃で、羊がバタバタと死んでいくのを知ったのが相場勝負のきっかけなんだよ。毛糸が供給不足で値が上がるに違いない、と読んで、公明正大に儲けたものだ」と堂々と反論し、当時の首相・田中角栄の物価対策、食糧政策を批判してみせた。

同時に「カネをもっても甲斐がない」と語り、「相場こそが男の道だ」と説いたから、一本気の長谷川を強く刺激した。記者たちにも人気があった。破天荒なネタが彼のところには転がっていて、いつでも驚かせてくれたからである。

たった一年で稼いだ五十億円にしても、翌年には全部消えてしまったというのだ。「週刊文春」の記者が、彼が桑名市に設立した「大益商事」を訪ねて聞いたところ、こう説明した。

「納税申告をしたとき、五十億円あった財産が四十三億円に減っていた。税金に二十億円を払い、二十三億円が残った。それも生糸相場で十億円、小豆で十三億円損して、結局、全部スッた」

どこまで本当かわからないが、板崎の修羅伝説はま

四十八年前の板崎さん

だ終わらない。長谷川の記憶によると、一九八一年には小豆相場で再び百億円を稼いで、ライバルたちを歯ぎしりさせると、それを翌年の小豆相場に注いで、そのすべてを失った。板崎は暴力団「東声会」のドンだった町井久之らと組んで、買い方連合に回り、大仕手戦を演じた。だが、買い占めに失敗して小豆相場は決済不能の大暴落をした。板崎は二つの会社を手放し、全財産を吐き出して表舞台から去った……ことになっていた。

このとき、相場を仕手崩れに追い込んだのが長谷川であることはすでに記した。

長谷川が大豆相場で百億円と言われる大金を稼ぎだすのは二〇〇七年だ。彼は板崎と同じ道をたどらなかった。相場という修羅道に取りつかれた彼らの失敗と破滅を見続けてきたからである。前述のように大金を持って節税の国へ逃れた。結局はまた相場の世界に戻るのだが、どこかに負い目があるのだろう。

長谷川は、「桑名筋」を超えられたか、という私の問いに「いや」と即答した。

「板崎の全盛時から三十年ぐらい経って、『俺は百億円儲けた』といっても空しいよね。今では俺の方が相場の本質をつかんだと思っているが、世界中探しても相場の世界を本当に全うした男っていうのはね、あまりいないんだよ。板崎のような奴はいないない」

かつて沢木がユーラシアへの長い旅を終え、再び桑名市を訪れると、板崎は商品取引会社を買収してオーナーになっていた。それをみて、沢木はがっかりする。

「死ぬまで相場を張り続ける」と言った板崎はどこに行ったのか、と。そして「鼠たちの祭」の末尾にこう記した。

〈相場という魔物に憑かれ、闘いつづけた男。敗れつづけ、敗れつづけ、しかし相場師であることを望んだ男。だからこそ、敗れざる男であった「板崎喜内人」はいったいどこに行ったのか〉

だが、板崎はまだ相場を張っていた。老人施設の一室で。

第九話

壁掛け時計の釘
「心までは病気になってません」

1

「昨日・今日・明日」と唱えながら、大神省二《おおがしょうじ》は毎日を生きていた。ソフィア・ローレンが主演した古いイタリア映画にそんな邦題が付けられていた。彼は二〇二〇年九月に、「余命二年」と医師から宣告され、翌年の三月には「あと半年」と告げられたのである。

四年前にすい臓がんの手術を受けていた。自宅闘病中のところへ肝臓への転移と余命を告げられたとき、彼のなかで一瞬、時間は止まり、衝撃が過ぎ去るとゆっくり動き始めた。それから、「昨日・今日・明日」という言葉を深く噛みしめるようになった。

今日が終われば、それは戻らぬ昨日だ。新たな今日と明日の希望が残されている。気持ちを切り替えて、「今日と明日」のことだけを考えるように努めていた。

七十二歳、もともと大分県下の駐在所のお巡りさんである。第七話で登場した長谷川陽三の一つ年下の同時代人だが、二人の人生は陰と陽、百八十度も異なっていて、環境と職業が違えば人間はこれほど異なる人生を歩むものか、と感心するしかない。一方で、こんな優しい男が田舎の治安の尖兵であったことに心がほぐれるような安堵を覚える。

大神は少し前までニホンミツバチの養蜂家であった。ニホンミツバチを誘引する蘭の一種「キンリョウヘン」の栽培家としても知られ、自分も加盟する「九州和蜂倶楽部」の面々が長崎などから大分市にやってきた。

彼は十三年前、自己免疫性すい炎と診断された。以来、間質性肺炎で入院したり、すい臓がんの手術を二度も受けたりしているので、友人や和蜂倶楽部の仲間から「頑張って」と励まされることもあるのだが、大神自身は野太い声でこう答えている。

「まだ、心までは病気になってませんから、私は大丈夫ですよ」

そうして、「病あり」という人生を受け入れていた。

大神は一九四九年、大分県佐伯市にそびえる龍王山のふもとで生を得た。八人きょうだいの末子である。父親の一郎は、親戚の店で修業をし、「大神商店」の看板で和菓子屋を営んでいた。無類の鳥好きで、欲のない明治男だった。

一郎は落雁や六方焼き、練り切りの生菓子を作り、遠くから店に来た人に、「せっかく来てくれたのだから」と安く売っていた。それだけでなく、近在の人にも同じように売るので、省二が「なんでまけてやるんか」と尋ねると笑って答えた。

養蜂中の大神省二さん

「それは、知り合いだからや」

そんな商売だったから儲かるわけもなく、父は片手間に郵便局に通って働いていた。

母親のサカエは農家出の優しい人で、子供を都会に送り出すときには、いつもこう諭した。

「苦労はせんでいいよ。心が暗くなる必要なんかないんだから、努力して、それでダメだったら戻ってきなさい」

子供たちは上京して美容師になったり自衛官になったりしたが、帰ってきた者は一人もいない。

多くの人の場合、学校を卒業したり仕事に就いたりしたときから、人生の物語が動き出すのだが、大神は子供のころから鮮明な形の夢を持っていた。

それは愛鳥家である父親の影響を強く受けたもので、日々見上げる龍王山の頂上に巨大な鳥小屋を建て、その中に家を作って、鳥や小動物と暮らすことであった。家の中や家の隣に鳥小屋を作るのではなくて、すっぽりと覆う鳥小屋の中に自分の家を作る夢である。

大神家を抱く地は水田が広がり、茂り放題の木と草と生き物で満ち、番匠川《ばんじょうがわ》の大河へと流れ込む堅田川の清流にアユが銀鱗を躍らせていた。

大神は龍王山がまだ濃い藍色に包まれた時間に起き出し、払暁の裏山に鳥の声を聞きに行くのが好きだった。

春先には黄緑の羽に覆われたメジロが相手を求めて騒がしく鳴く。何百羽というウソがふくらみかけた花のツボミをついばみながら、ヒューヒューという笛音に似たさえずりを上げている。愛らしいキクイタダキや長い尾のエナガ、集団で飛んできたシジュウカラの鳴き声を、時を忘れて聞いた。そのとき彼は、横溢《おういつ》する命の輝きの中に身を委ねていた。

朝の陽の光を浴びながら帰ってくると、庭でたくさんの鳥たちが待っている。ニワトリ、メジロ、ホオジロ、ジュウシマツ、セキセイインコ、スズメ、カラス、トビ、タカ、ツミ（雀鷹）……地元の堅田小学校から大分県立佐伯鶴城高校を卒業するまでの間、家禽から渡り鳥、猛禽類まで数えきれないほどの鳥を彼は飼っていた。

小鳥はひなから育て、指に水や粟、稗を付けてやる。幼鳥はその指先をくちばしでつつくようになり、人間と小さな命が少しずつ交感を果たしていく。やがて羽を切らずに放してやっても、夕暮れ時になると、次々と鳥小屋に帰ってきた。大神はその小鳥たちを包み込み、柔らかい布で優しく撫でてやる。ピカピカと手の中で羽が光った。どんな宝石よりも美しい、と思った。

タカやトビには庭に止まり木を作ってやって、魚の切り身やカエルなどを与えた。捕まえようという気持ちは全くない。ただそばで見ていたいだけなので、餌付けをしているうちになついて、毎日やってきた。

はっきりとした鳥への憧れを抱き始めたのは、中学生になってからだったか。

フランキー堺が主演した「私は貝になりたい」というテレビドラマが一九五八年にヒットし、翌年映画化された。それは太平洋戦争直後にC級戦犯として逮捕され、処刑された理髪店主の理不尽な死を描いたドラマだったが、大神はこう考えていた。

――貝となって海底に沈んだら、両親を見守ってあげられないな。僕は鳥になって、空から見ていてあげよう。

明治の小説家・国木田独歩に、「春の鳥」という短編がある。六蔵という名の、鳥を見れば目の色をかえて騒ぐ少年の物語で、ある日、城山の石垣の下に骸《むくろ》となって見つかる。

――六蔵はきっと空を飛び回ろうとしたのだ。あれで自由になったのだろう。

大神は彼の気持ちがわかるような気がした。

その数年後、前述の長谷川はテレビで「大番」や「赤いダイヤ」を見て、欲望あらわの相場師たちに惹かれていく。焼け跡の記憶は少しずつ薄れ、テレビもまた物質的な豊かさを求める時代をすくいあげようとしていた。

大神はやがて鳥と遊ぶ者のなかにも悪意が潜んでいることを知った。鳥小屋で飼っていた百羽ほどのセキセイインコをすべて盗まれたのである。怒りの虜になって、鳥小屋の近くに落とし穴を掘り、庭を飛び回るニホンミツバチの巣箱を置いた。そして、「泥棒は我が家の蜂に刺されるぞ」と中学校で触れ回った。まるで「さるかに合戦」のようだが、蜂箱を据えたとたんに、盗人の影は消えた。

これが大神とニホンミツバチとの出会いである。

高校を一九六八年に卒業すると、大分県警の警察官を拝命した。親元に近く、県外転勤のない固い職業だからである。

彼は身長百七十センチの骨太だが、学生時代にこれといった運動をしていなかったから、激しい訓練に付いていくのがやっとで、しまいには血尿が出た。警察官が天職なのかどうかはよくわからなかったが、母の元に帰るわけにはいかないから、「これが一生の仕事だ」と自分に言い聞かせた。

二年間の大分駅前交番の勤務の後、機動隊に配属される。そこで大分県警初のアクアラング隊員を命じられたり、県警音楽隊員に誘われ触ったこともないクラリネットやパーカッションの演奏をさせられたりしたが、いつも明るくこなした。器用な質だし、そばには鳥がいて、やがて仲間ができた。

機動隊の独身寮では、三羽のチャボをその敷地に飼った。それだけでは飽き足らず、渡ってくるホオジロや黄褐色のカワラヒワを見つけると、餌付けをした。だから、彼の部屋の周りにはいつも鳥の鳴き声がした。その小鳥を寮母さんたちが見つけて、

「あれは大神さんが飼いよるんで、なあ」

出世や手柄よりも、小鳥を見、その声を聞いている方が嬉しいのだ。そうしているうちに、もっと大きな幸せがひとつずつやってきた。

一番の喜びは、先輩の紹介で県立病院の看護師だった角《かく》洋子と出会ったことだ。中学校の校長の娘で、厳しく躾けられている。流行りの社交ダンスを楽しんだ後、午後九時過ぎに帰宅させたところ、兄が家から出てきた。

「門限を過ぎているぞ！」。こっぴどく叱られたうえ、洋子が頰を打たれた。

「まあ、若いからなあ」と顔を出した父親の敏雄のとりなしを受けて、それからも毎晩のようにダンスホールに誘い、知り合った翌年には結婚にこぎつけた。

洋子は五十歳まで看護師として働いた。副師長を務めながら、二人の娘を育てている。その成長を見て、大神は、自分が大事にすべきは大空への憧れではなくて家族なのだ、と当たり前のことを思った。

義父の敏雄は晩年、脳梗塞や直腸がんなどに次々と襲われながら、人生の終末について、大神の心に沁みる言葉を残した。見舞いに行くと、こう言うのだった。

「なんも心配せんでいいよ。人は死ぬまで生きるだけや」

その敏雄は八十七歳の天寿を全うしたが、さりげないその言葉の意味を、大病を得た後に大神は理解した。

がんになったりすると、「自分はもうすぐ死ぬ」と思い詰める人がいるが、人間の死期など誰にもわからないものだ。病気と寿命は違うのだから、病気になっても無駄な心配はせずに、ただ生きていけ――そういうことだったのだろう。

2

警察には四十二年間、奉職した。中でも感慨深かったのは、一九九四年春から十四年間、一人で勤めた清水原《そうずばる》駐在所時代だ。警察の集団と統率の世界から少し離れ、指示を受ける前に自分で考えて仕事ができた。

駐在所の前に国道十号線が走り、交通事故が多発していた。思い余って毎日午前五時半に起き、午前六時から二時間半、それに夕方五時前から子供たちが下校するまで、あちこちの通学路に立った。

管内に住む約二千人のうち、半数近くは六十五歳以上だ。昼間は高齢者が集うゲートボール場に行き、自転車や手押し車に車のライトを反射するシールを張って回った。子供たちのランドセルにも目立つところに張って、

「君は反射板をいっぱいつけてるけん、学校で一番安全な男じゃなあ」

と声をかけた。管内の川登小学校の校門前に立ち、「いつも挨拶をしような」と呼び掛けたりした。すると地区の人々も通学路に立ち、ドライバーや住民同士の挨拶運動が起きて、重大事故だけでなく交通事故そのものが激減した。

交通マナーを教える駐在所時代

間もなく川登小学校から巡査部長の彼に感謝状が届いた。「大神さんのような人になりたい」と作文に書いた子供もいた。二〇〇四年には治安維持や交通安全に功労があったとして県知事表彰を受け、テレビ東京の番組「小さな村の大スター」にも密着取材で取り上げられた。

「私は壁掛け時計の釘のようなものですわ」

と彼は言った。その釘は壁掛け時計をぶら下げるときと、外すときにしか見ることができない。だが、大きな組織は釘のような存在があって初めて動くのだ。そんな地味な駐在勤務のうち、単身赴任の期間が六年もあったが、大神は十分に報われたと思った。

もちろん、職業柄、悲惨な事件に遭遇することもあり、犯罪者は許せないと思うことも多かったのだ。しかし、いつも「罪を憎んで人を憎まず」という言葉を心に据えて務めてきた。

暴走を繰り返す田舎の不良たちも、直接話すと心根は優しい子が多いのである。数年が過ぎて、彼らが更生したり立派に職に就いたりした姿を見ると、「人を憎まず」という言葉を信じて良かったと思った。

大神が去った駐在所前の国道沿いには、モミジが枝を広げ、春から夏にかけてドウダンツツジやアジサイの花が咲く。それは、いつまでも変わらぬ景色を残したいと、大神が住民と一緒に植樹したもので、その数は約一万本にも上っている。

警察人生は二〇〇九年三月末、六十歳の年に警部補で定年を迎えた。だが、まったく寂しさを感じなかった。家族がいて、趣味もキンリョウヘンの栽培から発明――彼には針を簡単に取り外せるホッチキスや、警察庁のコンクールに出品した新型警察装備品の発明もある――までたくさんあり、しかも妻の農業を手伝わなくてはならなかったからだ。

鳥は十四羽のチャボを飼い続けた。ただ、野鳥が蘭の新芽を食べてしまうので、バードウォッチングだけで我慢することにし、退職を機にニホンミツバチの飼育に挑戦した。

そのころには、自宅から四キロ離れた妻の実家のそばに、山小屋とガラス張りの蘭ハウスを作り、後になって木造の蜂小屋を建て増しした。「大人の遊び基地」のようなものだ。遊びも真剣に取り組めば仲間が集まり、喜びは倍になる。それに失敗をしても思い出が残る。

ところが、運命は悠々自適の暮らしを許さなかった。いったいどこに隠れていたのだろう、と思うほどの病が次々に現れて大神を苦しめた。

五十九歳のころに自己免疫性すい炎と閉そく性黄疸と診断され、二年後には間質性肺炎で入院する。市の産業廃棄物監視員として再び働き、ストレスを感じていた。

続いて六十八歳のとき、心臓バイパス手術とステント（血管を拡張する網状の筒）治療を受ける。退院からわずか三日後に肺梗塞のため入院し、さらに心筋梗塞とすい臓がんの手術を受けた。七十歳になった六月には皮膚がん、十一月には二度目のすい臓がん手術を受けた。そして、冒頭に記したように、七十一歳のときに肝臓など三か所にがんが見つかり、抗がん剤の投与を受けた。まさに病の嵐としか言いようがない。九十キロ近くもあった体重が、瞬く間に二十キロ以上も減ったから、家族や友人はびっくりした。

もっと驚いたのは、大神は恬淡として、闘病の気負いのようなものが見えなかったことである。彼はあっさりと言うのである。

「がんをいっぱい持っちょって、長生きしてる人もおるやないですか。きのう健康でも今日死ぬ人もいるし、考えようによっちゃ、人間の寿命は平等なもんですよ。死ぬのを決めるのは医者と家族ですから、その人たちに任せて何も心配せんでいいですよ」

前述の義父の言葉に似て、自然のなかに運命を委ねているように思える。そして、こう続ける。

「人生のやる気を失ったらいかんです。生きる望みを持っていないと。息を引き取るときに、『この人生は良かったね』と自分で思えるような生き方を最後までせんといかんですね。私は生きる望みを持っておりますから、心までは病気になってません」

がんとともに生きる人は珍しくない。私の周りにも病を隣人とするしかない人がたくさんいて、命の最期の一片まで燃やし尽くして戦うという人もいれば、途端にもがくことをやめる人、自分らしく生きようと開き直る人もいる。ただ、会ってホッとするのは、力みのない言葉で小さな希望を語る人である。

旧山一證券の営業本部担当常務だった仁張暢男《にんばりのぶお》は、だからいまだに友人が多いのかもしれない。彼は山一の経営破綻後、アリコジャパン（現・メットライフ生命保険）に転職し、二〇〇三年にがんで胃を全摘出した。そのとき、五年生存率が三〇％と告知され、「これからは誰に何を言われようが、わがままに自分勝手な道を行くべし」と固く心に決めた。

能天気な友人が多く、「もう仁張も終わりだ」と見舞いに来てしゃべり倒して帰ったり、「胃を取った」と言っているのに饅頭を持ってきたりした。彼らに囲まれ、仁張は闘病生活を明るく耐え、全国あちこちを旅して友人たちと会っている。お互いに「低く暮らし、高く思う」という生き方の仲間だから、会えば割り勘ではなく、そのときに金のある者が払うということにしている。

「考えすぎるといかんですな」と仁張は言う。

「深刻に考えていると、そりゃあ、免疫力も落ちますすよ。闘うこと自体が無駄、俳句より川柳、歌舞伎より落語。いいかげんに生きて、十八年過ぎた今も元気に暮らしています。私の友達のなかには、六回もがんの手術を受けて、三十年以上も生きたツワモノがおります」

これなら自分もついていける、と思えるような生き方である。加えて、田舎に生きる大神には、ニホンミツバチの飼育とキンリョウヘンの栽培がある。そして元看護師の妻や娘たちに励まされ、自然とともに生きてきた。

キンリョウヘンは五百鉢以上にも増え、栽培の秘訣を教えてほしいと各地から愛好家が大分までやってくるようになっていた。

二女でデザイナーの智子は、大神が集めた蜜を、「省ちゃん印　星降る野山の日本ミツバチ百花蜜《ひゃっかみつ》」と名付け、黄色のチラシを制作した。そこに、「麦わら帽子の省ちゃん」と「ハチ助くん」のオリジナルキャラクターをあしらって、こんな説明を書いた。

〈西洋ミツバチは単一の花から集中的に蜜を集める習性があります。それは単花蜜。これに対して日本ミツバチは、その季節、その地域に咲く様々な花から蜜を集めてくるため〝百花蜜〟と呼ばれます〉

ミツバチは商売としてはまだまだで、儲けたいとは思わなかったが、養蜂家としてやりたいことや気になることがたくさんあった。養蜂の業界にも不当に見える飼育制限があり、大手業者の既得権益が認められている。古き悪しき体制がはびこっている、と彼は思った。


入退院を繰り返して、大神は二〇二〇年九月、妻とともに病院から自宅に戻った。荷物を置くと、妻が通う延命の神「大津神社」にお参りしてから、遊び基地の様子を見に行った。

「ミツバチ蘭」とも呼ばれるキンリョウヘンは、相変わらず元気で、葉の艶も青々としている。だが、「空中夢巣箱」と名付けた大神考案の巣箱の方はやっぱり空っぽだった。山の飼育地にも巣箱を置いて四十箱以上から採蜜したこともあったのだが、最近はどうしたことか、動物も花も昆虫もどこかおかしくて、ヤマザクラとソメイヨシノが一緒に開花したりして、かなりの数のミツバチがいなくなった。気候変動とウイルスを敏感に感じているのだろう。

それでもいつか、ニホンミツバチがキンリョウヘンの香りに惹かれて、小屋や山に戻ってくるだろう。きびしい季節《とき》にこそ、キンリョウヘンは根を伸ばすと言われている。

二〇二一年春、医師にいよいよ終末期であると告げられると、大神は智子たちを病床に呼んで、ミツバチの巣箱の作り方を伝授した。ミツバチが戻ってきたときに巣箱がなければ困ると思ったのだろう。痛みがあったのか、時々苦しそうに息を継ぎ、段ボール箱を使って丁寧に教えた。

しばらくしてベッドに横たわり、「心は小さくもあり、無限でもあるよ。心は透明で見えにくいけど、そこには核があるんだ」と天井を見つめ、「最後まで姿勢を正して生きんといかんな」と漏らした。家族が顔を見合わせると、「でも、死ぬのは初めてだから怖いなあ」と笑顔を見せて、みんなを笑わせた。

それから約半月後の五月十六日、大神は自分の世界に飛び立っていった。

通夜は日曜日のその夜にあわただしく営まれ、翌日の告別式を合わせると二百五十人の友人や警察の元同僚が弔問に訪れた。コロナ禍で大人数が集まることはないので、通りがかりの人たちが「どんな偉い人が亡くなったんかね」と驚いていたという。

智子は、参列者への挨拶状にこんな一文を添えた。

〈母に言わせると、父は本当は怖がりな人。しかし、就いた仕事は警察官で、危険な場面に遭遇することが何度もありました。そんな時自分を信じてくれる仲間や慕ってくれるご友人、そして私たち家族の存在が父の心を無限に強くしたのでしょう。

病との闘いや少しずつ近付く「その日」を前に、父は懸命に自らを奮い立たせていました。「姿勢を正して生きたい」という言葉も父らしいものでした。意識がもうろうとする中でも私たちの声が届いたのでしょうか。「お父さん」と呼びかけると、Vサインを掲げてくれた父。大丈夫だ、心配するな、そう伝えてくれました。最後の最後まで優しい人でした。心の背筋をシャンと伸ばし、命を全うした父は、いつまでも私たちの誇りです〉

第四章

おごりの春の片隅で

一九六四年の東京オリンピックは、日本の高度経済成長を象徴する祭典でもあった。その歓声が止むと、米国は北ベトナムへの爆撃を開始し、軍民百六十万人もの死者を出すベトナム戦争が激化の一途を辿っていった。無名の報道写真家・石川文洋を始め、世界中の従軍記者やカメラマンたちが戦争報道のために身を投じる。彼らは虐殺の現場だけでなく、特に日本や韓国がベトナム戦争に組み込まれ、そこからベトナムの戦場へとつながる戦争特需の道が存在した現実を報じていく。

第十話

弾雨をくぐる
「年金の少なさが働くエネルギーだ」

1

石川文洋《ぶんよう》は八十三歳を超え、なお現役の報道写真家だ。

一九六五年から四年間、ベトナム戦争に従軍して、血の滴るような写真を撮り続けた伝説的な戦場カメラマンでもある。日本写真協会年度賞や日本ジャーナリスト会議特別賞など数々の賞に輝き、二〇〇五年にはベトナム政府から「文化通信事業功労賞」を授与されている。

『安全への逃避』と題した写真でピューリッツァー賞に輝いた沢田教一と同じ時代に生きた。二人は弾丸重吹《しぶ》くベトナムで死臭を嗅ぎ、沢田は三十四歳で銃弾に倒れ、二つ年下の石川は生き残った。

「運だけだ。命は一つしかない。死んだらいけない」

そうつぶやきながら、ベトナムから隣国のカンボジア、サラエボ、ソマリア、アフガニスタンと世界中の戦場を歩いてきた。訪れた国は五十五か国に上る。

そのころも今も、石川の家に高価な物はひとつもない。車も免許もない。機械いじりも苦手だ。パソコンも使えないから、原稿用紙に手書きで一字ずつ、角ばった大きな文字を載せていく。万年筆は百円ショップ「ダイソー」で買った。書き心地が良いから編集者にも薦めてやろう、と思っている。

音が鳴っていないと集中できない質なので、ミニコンポでジャズやクラシックを聴きながら書く。疲れたら二階の書斎の隅にしつらえた簡素なベッドで横になる。古びた書斎机に向かうと、右の彼方に鋭い剣のように険しい穂高の峰々、左には台形状にどっしりと構えた霊峰御嶽山を望み、眼下に豊かな水をたたえて輝く諏訪湖が広がっている。額縁のようにガラス窓で切り取られた遠景だけが彼の持つ贅沢品だ。

愛機を携える石川文洋さん

長野県のＪＲ中央本線上諏訪駅から二キロ、標高九百メートルの高台に建つ古い二階建てを、彼は「雑草庵」と呼んでいる。植木屋が刈りたそうに見上げるぐらいに、庭の梅もつつじの枝も伸び放題なのである。生まれ故郷の沖縄にはなかった四季と残りの夢がここにある。

写真集や著作は六十冊を超えた。正確にどれだけ書いたか本人も覚えていないが、はっきりしていることは、カネには縁がないこと――家のローンも最近ようやく完済したくらいなのだ――、それにベトナムを描いたものが多いことである。

ベトナムは日本から飛行機で約六時間。日本も太平洋戦争で五年間、ベトナムを支配した時代があるものの、その後、ベトミン（ベトナム独立同盟）軍がフランス軍と戦った「抗仏戦争（第一次インドシナ戦争）」や、それに続く「対米抗戦（第二次）」は、遠く離れた国の出来事となっていたはずだった。

だが、私たちはあのとき、米国が介入したベトナム戦争が日本と無縁ではないことを、石川や沢田たちの写真、それに多くの報道によって知った。ジェット燃料や砲爆弾を始めとする軍事物資から電化製品、自動車部品、カップラーメンに至るまで膨大な物品が日本から積み出されていた。日本企業が戦争特需で潤っただけではない。負傷した米兵士から遺体までが日本に戻って来た。そして、米軍の太平洋軍司令官に、「沖縄なくして、ベトナム戦争を続けることはできない」と語らせ、アメリカ施政下にあった沖縄・嘉手納基地から飛び立ったＢ52が爆弾の雨をベトナムに降らせ、徹底的に殺し破壊した。

石川がベトナムにこだわる理由の一つはそこにある。そして、彼は「日本人である前に、沖縄人である」という意識を強く抱いていた。

石川は、国家総動員法が公布された一九三八年に、極貧の物書きの家に生まれている。父親の石川保田《ほでん》は、「文一《ぶんいち》」というペンネームを持ち、沖縄では名の知れた存在であった。文洋という名前はそこから一字を取っている。生まれる前年に日中戦争に突入し、戦時体制が敷かれていたのだが、父は「直木賞を取りたい」という夢を追う。家族を連れて大阪に向かい、沖縄の歴史小説や芝居の脚本を書いた。そこから千葉県船橋市に移り住んだ。

文洋は男ばかり四人兄弟の二男である。父の小説は売れず、新聞配達や廃品回収をしながら文筆を続けた。中学に上がった文洋も、三つ年上の長兄とともに新聞を配って回った。大きな集合住宅の五百軒が親子三人の受け持ちだった。三百部を父が、百五十部を兄、残り五十部を文洋が配った。

——父がどこかの会社にでも勤めてくれれば生活は安定するのに。

ずっと、そう思っていた。

当時は母の姓である「安里《あさと》」を名乗っている。珍しい苗字だから、すぐに「オキナワ」というあだ名がついた。太平洋戦争末期の一九四五年初夏、彼は船橋市立八栄国民学校の配属将校に告げられる。

「オキナワ！　お前の島は玉砕したぞ」

その言葉は七歳の彼の心を貫いた。親戚や友達はみんな死んだのか。だが、自分は内地で生きている。なぜ、俺は故郷にいなかったのか。

それは負い目となって付きまとう。生き残った親戚と再会しても、思いは消えなかった。祖父は祖国防衛隊で戦死し、祖母たちは砲弾のなかを逃げまどい、あげくに収容所に押し込められている。

絶望的な体験の前には何も言うことができないのだ。石川が言う一種の「コンプレックス」が彼の背骨の一部を形成し、やがて現場へ、それも第一線へと導いていく。

中学を卒業すると、東京都立両国高校の定時制に進んだ。芥川龍之介や堀辰雄を輩出した高校だが、石川によると、当時の学力テストでは定時制のほうが全日制よりも成績が良く、定時制から大学に進学する者も多かった。『両国高校百年誌』に、石川は〈カメラマンになったのは定時制のおかげ〉という一文を寄せている。

〈定時制が良かったことは、何といっても昼間は社会人、夜は学生と一日に二度、違った環境にいることができたからです。その点、全日制の生徒は学校だけなので昼間働いていた私はその分だけ別の世界を見ることができて、得をしたと考えます〉

〈私が裕福な家庭に生まれ一流大学を卒業していたら、私の人生は全く変わったものになっていたと思います。もちろんカメラマンになっていなかったでしょう〉

高校生のころ、霧ヶ峰や大菩薩峠、八ヶ岳、尾瀬といった静寂の山々に仲間とハイキングに出かけた。新宿発の夜行列車に揺られながら、いつか信州に住み、山懐に抱かれたいと思い始める。その憧れが「雑草庵」に住むきっかけとなった。

当時、昼間は東京・有楽町にある毎日新聞社で働いていた。給仕と呼ばれる事務補助員だったが、正社員だ。定時制を卒業した五九年に、同じビルにあった毎日映画社に入社した。ニュース映画や記録映画の制作会社である。そこでニュースカメラマンの助手に付き、六〇年安保闘争などを取材して回った。

安保闘争は五百八十万人もの人々が日米安全保障条約改定阻止を叫んで、空前の高まりをみせた。デモ隊が国会構内に突入し、右翼や暴力団がデモ隊を襲い、警官隊との衝突のなかで東大生の樺美智子が死亡した。「あれは日本最大の民主運動だった」と彼は今も思っている。

報道者の彼もその中にいた。だが、国会で強行採決され、岸信介内閣が混乱の責任をとって総辞職すると、人々のうねりの列や反対の熱は少しずつ消えていった。政府は国民所得倍増計画を発表し、国民の挫折感の穴を、高度成長や東京オリンピックへの期待が埋めた。

そのころに抱えた深い失望と閉塞感を、彼はこう書いている。

〈あの体がつぶされるような重い圧力のある、東京の雰囲気のなかで、自己を失うまいと悩み、針の山をころげまわるような心の痛みと、その後にくるポッカリと胸に穴のあいたような、あのむなしい失恋の苦しみ、私はそのなかから、はいずるようにしてのがれてきた〉（『死んだらいけない』日本経済新聞社）

それから二年後、彼は毎日映画社を退社し、二十七ドルを手に香港に旅立った。その時代を石川は詳しく話さない。著書から推測すると失恋もからんでいたようだが、社会と自らの矛盾、挫折がもつれあい、容易に表現できないのであろうか。

まあ、ここまではよくある話だ。だが、石川の場合はこの先が違う。彼は自分の命を楯にして、岐路に立った。

2

新たな道は、香港で米国人が経営する映像制作会社に就職したことで開けた。そのときに二度、ベトナムに取材に出かけた。米軍の機関銃手が乗り込んだヘリコプターに乗り、メコンデルタの政府軍陣地を俯瞰した。サイゴンの軍病院に次々と運ばれる負傷兵を写し、シャンソンが流れる薄暗いバーで、アオザイ姿の美女を見かけた。その鮮烈な刺激が頭から離れず、カメラとレンズと航空券を買うと、ベトナムに向かった。一九六五年一月のことである。

それから二か月後、彼はベトナム中部・ビンディン省のホアイアンの丘を南ベトナム政府軍の海兵隊に付いて這い上がろうとしていた。十六ミリ撮影機を持った、初めての従軍取材である。丘の上に南ベトナム解放民族戦線（解放戦線）軍が陣地を構えていた。

にじり寄るといきなり一斉射撃を浴びた。バラバラと銃弾が降り、彼の前の中尉が顔を撃ち抜かれた。即死だ。「伏せろ、伏せろ」と声が飛ぶ。叫んでいる米軍事顧問レフトウィッチ少佐の顔も血まみれだった。シュッシュッと銃弾が風を切る。石川は立ったまま夢中で撮り続けた。「お前は勇敢だったな」と後で言われたが、従軍取材の心得や身の守り方を誰も教えてくれなか

ベトナム戦争取材の頃

ったけなのだ。

そこから、各地の農村、市街、メコンデルタの泥田、山岳地帯と、最前線の従軍が続いた。そして目撃した惨状を文字にも落としていく。

さっきまで冗談を言って仲間を笑わせたり、街でビールを飲んだりしていた兵士が地雷に触れて両足を吹き飛ばされる。太陽の照り付ける農道で、少年が殺される。銃で撃たれた傷から大量の血が流れ、大地を濡らしていた。その血が乾いた大地へ吸い込まれ、染みをつくっていく。

M79グリネードランチャーの弾が、解放戦線兵士の身体の真ん中に当たって爆発した。身体はぼろ布のように飛び散り、その首と上半身のかけらを米兵が集めてきた。そんな死体の近くで兵士たちが食事をしている。

兵士は殺すのに慣れ、それを撮るカメラマンも慣れていく。それが一番恐ろしい、と石川は思う。石川に一番親切で優しかった軍曹が捕虜を激しく殴りつけ、一番激しく拷問した。

——人間は優しさと残酷さの両面を持っている。だが、兵士となって戦争に行けば、必ず殺人者になる。戦争では残酷な面が現れるのだ。

ベトナム戦争は、多くのジャーナリストが命を落とした、報道者の戦いでもあった。石川によると、インドシナ戦争――ベトナム戦争だけではなく、抗仏の第一次インドシナ戦争やカンボジア戦争も含む――で死亡したジャーナリストは百七十二人にも上る。その中には、地雷の爆発に巻き込まれたロバート・キャパや、アメリカ人女性として初めての戦死者となるディッキー・シャペルらがいる。日本人の死亡者は十五人、うち十二人が石川の知り合いである。沢田教一もその一人だ。

戦場で生き残る秘訣はない、と石川は言い切る。従軍しているときはいつも、「死んでもしょうがない」と思っていた。それはまったくの運だ。

従軍前夜は酒を飲んで恐怖を紛らわした。コニャックのソーダ割で酔うと本音が顔を出す。「俺は大丈夫だろう」という思いと、「今度は危ないんじゃないか」という恐れが、振り子のように行ったり来たりした。

そこで、朝日新聞社の臨時海外特派員として取材していた作家の開高健や読売新聞外報部員だった日野啓三と知り合った。彼らは貧しい石川を「ブンヨー」と呼んで愛した。開高は『私の釣魚大全』（文春文庫）に三十歳のブンヨーの姿を延々と書き記している。

〈彼の最前線の写真と文の本は多くの人が読んでいる。火点と死線をくぐり、水田戦、ジャングル戦、山岳戦と、この国の戦闘の諸種の実態を目撃した経験の深さと広さでは、いまのところ、

誰も及ぶものがないかと思われる〉
〈はじめてブンヨーに会ったのは三年前のサイゴンでのことで、小柄だが筋肉質、眼が大きく、鼻筋とおり、沖縄の血をそのままつたえた〝チュラニーセー〟（美少年）で、しばしばトンチンカンなことを口走るが、それは無知というよりは無傷の率直さの味わいがあり、はなはだ痩せ、かつ、謙虚な青年であった。（中略）若くて貧しくて無名な彼は鋭敏な猟犬のように弾雨のなかでシャッターをおし、それをサイゴンに持って帰り、ＡＰの事務所へいって一枚、二枚と買ってもらっていた〉

そして、一九六九年一月にまたも転機が訪れる。

「君、今日沖縄に行けるか」

石川にそう告げたのは朝日新聞のカメラマン・秋元啓一である。秋元は開高とともにベトナムに特派された後、帰国して写真部で働いていた。石川は一時帰国の挨拶に立ち寄ったのだが、取材に飛んでほしいというのだ。その一か月半前に、離陸に失敗をしたＢ52が爆発し、嘉手納村（現・嘉手納町）と美里村（現・沖縄市）にある百軒の民家を破損させる大事故が起きた。佐藤栄作政権の対応に業を煮やした県民は、二月四日に十万人で嘉手納基地を包囲する沖縄史上初めてのゼネストを計画していた。

他に行けるカメラマンがいなかった。石川は羽田から沖縄に飛び、米軍を取材した。軍の広報にベトナムのプレスカードを見せると「君はベトナムにいるのか」と驚いたように見た。その広報に気に入られたのだろう、石川は米軍ヘリに乗せられて上空から基地や演習場を撮影した。金網の向こうの世界を詳細に撮ることができた。スクープである。

「朝日新聞に入らないか」と声がかかり、入社することにした。三十一歳になったばかりだった。帰国を契機に結婚をしたのもその年である。のちに長男を授かった。

新聞社では多くのことを学んだ。ベトナム時代は独学だったのだ。秋元や吉岡専造ら有名なカメラマンと一緒に仕事をするのは魅力的だった。だが、十五年経ったころ、「もういいかな」と思うようになった。

新聞社で働くことの限界も見えてきた。妻が胃がんを患ったこともあり、看病と子育てに専念をすることに決めた。「もったいない」と引き留める声を受け流し、彼は四十六歳で退社してしまった。あてはなく、八か月失業保険をもらった。以降、今に至るまでフリーである。

翌年、若者たちが主催するピースボートに水先案内人兼講師として乗船し、九〇年には二十二か国を回る地球一周の船旅に出、九四年には紛争の地、ボスニア・ヘルツェゴヴィナを取材して、小説「サラエボ」を執筆した。琉球新報にはこれも小説の「メコンの落日」を連載している。二〇一五年からは、沖縄の辺野古新基地建設に反対して、辺野古基金の共同代表にも就いた。

「沖縄がベトナム戦争に向かう米兵の訓練基地、補給基地、B52爆撃機の出撃基地となり、ベトナムの同胞が犠牲になったことを振り返り、辺野古に新基地を建設させて、再び沖縄を加害者の島にさせてはいけない」と訴えている。

やはり、ベトナムが原点にあるのだ。

石川の作品は、米国で刊行された『ベトナム戦争全史シリーズ』にも収められている。これはタイム・ライフ社とボストン・パブリッシング社の共同刊行だが、その第二十二巻『戦場の軍隊』に、『石川文洋の写真エッセー』として八ページにわたる個人特集が掲載された。全シリーズを通じて個人で特集が組まれたのは世界で五人、日本人としては初めてだったのである。

ベトナムのホーチミン市にある戦争証跡博物館には、石川の作品を二百点展示する常設コーナーが設けられている。石川は一九九八年に国賓として招待された。館長はそのセレモニーで、石川の写真の生々しさをこう紹介した。

「ある人は無口になり、またある人はめまいを感じ、泣きだしてしまう人もいます。写真がまるで言語のような役目を果たし、見る人に語りかけ、説得します」

戦争取材中は、望遠レンズ装着のカメラ四台を首からぶら下げていた。ベトナム首相のファム・ヴァン・ドンはその姿に、「チョイオーイ（おやまあ！）」と笑いかけた。南北のベトナムを取材した報道写真家は石川だけで、彼のような重装備のカメラマンを見たことがなかったのだ。

ベトナム戦争終結四十五周年にあたる二〇二〇年にはベトナムを再訪した。共同通信の編集委員と現地を歩き、ベトナム戦で米軍が撒いた枯葉剤の被害児を取材し、全国の地方紙に写真を配信した。その後、『ベトナム戦争と私——カメラマンの記録した戦場』（朝日選書）を刊行している。

開高や日野がそれを知ったら驚くことだろう。

「まだやってんのか」と。

かなり前のことだが、ある人に「石川の仕事はベトナムだけじゃないか」と言われたことがある。それを石川自身は、

「そう言われるのは本望です」

ゆったりと受け流した。命を賭けて続ける仕事を「ベトナムだけ」と言われたり、「たいしたことはない」と評されたりしても、彼は反論することもなく、黙って受け入れる。深くは悩まない。「なんくるないさぁ（何とかなるよ）」という明るい海洋精神を備えている。

彼と親交のあった児童文学作家の灰谷健次郎は、そのやり取りを聞いて感銘を受け、〈自分の身内に涼しい風の流れるのを覚えた〉と書き残している。彼は石川の仕事の重さを知っていた。

彼のカメラは、一組がベトナムの戦争証跡博物館に、もう一組は立命館大学国際平和ミュージアムに寄贈されている。いまの愛機はニコンの新古品（クールピクスＢ７００）だ。なじみのカメラ屋で二万八千円也。その安さと彼の作品群との落差に驚いていると、彼は明るく言い放った。

「押せば写りますよ、カメラは」

問題はカメラではなく、撮る側の心だという。心で撮るのだと彼は考えている。楽しい気持ち

で撮れば楽しい写真に、悲しい気持ちで撮ればその悲しさが写りこむと言う。

写真集の山を前に私は、「傑作の一枚と言ったらどれですか」と尋ねた。我ながら恥ずかしい質問だなと思っていたら、はにかみ笑いと答えが返ってきた。

「傑作なんかありません。一枚一枚、怒ったり悲しんだり喜んだりしながら撮ったので、逆に言えば全部です。どれを選んでもらっても構いません」

彼が数々の賞に輝いたことは冒頭に記したが、それらの多くは退社以降に与えられたもので、六十冊の著作のほとんどもフリーになってからの仕事である。

だが、カメラマンになることは容易《たやす》くても、仕事で食べていくことは至難の業だ、と彼は言う。若いカメラマンを励ますことはなかなかできない。だから、弟子など取ったことがない。

自身は妻を癌で亡くした後、十五年間、やもめ暮らしを続けたが、還暦を迎えた年に再婚をした。九州から飛び込んできた、元気いっぱいの美人だ。それからも、自分がやりたいと思うことのために生きている。

二〇一九年六月、二度目の徒歩による日本縦断も成し遂げた。八十歳で宗谷岬を出発し、十一か月をかけて那覇まで三千五百キロを踏破したのだった。

石川は最初の徒歩日本縦断の後に心筋梗塞を起こし、「心臓が止まった！」という医者の声を不思議な思いで聞いている。集中治療室で体中を管で繋がれた姿を見て妻は、「もう二度とあんな姿は見たくない」と言った。

それでも彼は二度目の挑戦に出かけた。出発の二か月前に、ステントを再度入れる手術をしたばかりで、「固定するまでは歩けない」と医師からも言われていた。だが、「離婚してでも行く」と石川は言い張り、二か月に一度、治療を受けるために自宅に戻りながら歩き続けた。好きなことのできる人生を送りたいのである。

夕方の、週に一度の楽しみは、四十分をかけて駅までの道を下り、居酒屋でビールを飲みながらメモをすることだ。川海老のから揚げをつまみ、分厚いメモ帳に書き溜めていく。あす何をしようか、この先、何をするか——。

清貧は変わらない。毎日と朝日の正社員の期間を足しても二十年しかなく、年金の受給額は月に十数万円しかない。厚労省発表の平均額よりかなり下回るが、その少なさが、いまも働くエネルギーになっている。

第十一話

ホーチミンの豆腐はなぜ美味いか
「仁が心の真ん中にないとだめだよ」

1

東芝の研究開発センターを二〇〇七年三月に中途退職するとき、カオ・ミン・タイは一つだけ上司に隠し事をした。

カオは環境ラボラトリー部門の研究主幹だった。五十四歳の部長職で、「ラボラトリーリーダー」という要職にある。退職の理由を所長にこう告げたのだった。

「ベトナムに戻って商売したいと思います。なにか、日本とベトナムの橋渡しになるようなことがしたいんです」

本当はようやく帰国して一から豆腐作りを始めるのである。だが、恥ずかしさも加わって言えなかった。カオの家族はベトナム戦争のために長い間、本国に帰ることができないでいた。その事情も含めて、きっと信じてもらえないだろう、と思ったのである。

カオはもともと南ベトナムからの留学生であった。というより、帰国できなくなった元留学生であった。一九八二年に東京工業大学大学院を修了したとき、サイゴン（現・ホーチミン市）は北ベトナムや解放戦線の手で陥落しており、彼らの祖国だった南ベトナムは消滅していたからである。

そのため、神奈川県川崎市にある東芝研究開発センター（旧・東芝中央研究所）に勤め、二十五年間、リニアモーターカーの電気絶縁材料を研究したり、エコ材料やリサイクル技術の開発に携わったりしてきた。原子力事業部の要請を受け、ベトナムへの原子力技術の売り込みに関与したこともある。祖国を失い、東芝で生きるしかなかったのだ。

その日、帰宅すると細い眼をさらに細くして、笑顔で妻のニュンに告げた。

「会社、辞めてきた。円満退社だよ」

妻は洗い物の手を止めると、眉根を寄せて静かに言った。

「なんで相談してくれなかったの」

「話したじゃないか」

「辞めるとは言ってないわ」

彼女もかつては南ベトナムから来た留学生だ。流暢な日本語を操り、英語も話す才女である。慶応義塾大学のベトナム語講師から、ＮＨＫ短波放送のアナウンサーやディレクター、ベトナム向け商品のカタログ翻訳、広告代理店の手伝い、企業研修生の相談窓口に至るまで、次々と仕事を請け負ってきた。それに端正な顔立ちと頑丈な独立心を持っている。第二の祖国となった日本に根を張って暮らそうと思っていたのだった。

夫が豆腐の研究にのめり込んでいるのは気付いていた。カオはこのところ、横浜の自宅に戻るや台所に入り込み、百五十三センチの小太りの背中を丸めて、

「うーん」「だめだな」「やっぱりか」

などとつぶやきながら豆腐を作っている。その豆腐の〝研究〟が終わると、洗い物の山が残っていた。

夫の手作り豆腐は確かにおいしかった。だが、退職するとは聞いていない。カオは東工大大学院で博士号を取得した工学博士である。絶縁材料の研究で十の特許を持ち、リニアに使う樹脂開発では社内表彰を受けた。外国人で初めて研究主幹への昇進も果たしている。

そのカオがある日、彼女にこんなことを言った。

「この豆腐、ベトナムで売れるんじゃないか」

「そうねえ」

と、あいまいに相づちを打った。彼女はこう思いこんでいた。

――夫は東芝に勤めながら、ベトナムで誰かを雇って豆腐ビジネスを始めるのだろう。

ところが、カオはこの「そうねえ」を、妻の承諾とみなした。

「だから、あのとき、俺は君に言ったよ」

「東芝の年収は一千万円以上もあるのよ。それを捨てて、一丁数十円の豆腐を売るの？　信じら

れないわ」

東芝はまだ原子力事業が順調で、不正経理が発覚する以前のことである。

「でも、辞めてきちゃったもの。後の祭りだよ」

「東芝で仕事しながら、少しずつ準備を進めればよかったじゃないの。バカじゃないの」


そういわれても、カオには豆腐に熱中するわけがあった。

一つは、二年前の五月二十九日、ベトナムの大手紙「タインニエン」に、〈恐ろしい豆腐製造技術〉という記事が載ったことである。ベトナムで豆腐の凝固剤に工業用石膏を使っている業者がいる、という告発記事だった。カオは自分が石膏をグッと飲み込んだような気持になった。こんな奴に食べ物を作る資格はないよ。

二つ目の理由は、彼が根っからの研究者であったことだ。記事を読んで、「そういえば、豆腐は何からできているのだろう」と頭を上げた。さっそく、大豆やにがりを買ってきて、本やインターネット情報をもとに、自宅で作ってみる。

――なかなか美味いじゃないか！

にがりを少なめにして作った、柔らかい豆腐をスプーンですくうと、半熟卵のようにとろりとしていた。スーパーで売られている量産の製品とは明らかに違う。手作りでしか出せない味だった。すると、もっと作りたい、もっと豆腐のことが知りたい、と思うようになった。

豆の種類を変えてみたらどうなるだろうか。にがりの分量は？　気温は？　水の違いは？　浮かんでくる疑問を細かくノートに記し、様々な条件のもとで豆腐作りを繰り返した。自宅のキッチンは実験室と化した。彼にとって、豆腐作りは研究と同じだった。

まず、仮説を立てる。仮説がなければ、成功も失敗も意味がないのだ。どうすれば市販のものよりも美味い豆腐ができるか。ノートを手に実験を繰り返した。

古い日本人にとって、豆腐作りは、長年の勘と辛抱の職人技に支えられたものであった。

カオと同じ世代の筆者は、豆腐屋といえば、大分県下で小さな豆腐屋を営んだ松下竜一の姿を思い浮かべる。そして、彼が豆腐作りの厳しい青春を短歌に詠んだ『豆腐屋の四季――ある青春の記録』（講談社文庫）の世界を想像してしまう。

〈泥のごとできそこないし豆腐投げ怒れる夜のまだ明けざらん〉
〈老い父と手順同じき我が造る豆腐の肌理《きめ》のなぜにか粗き〉

松下の短歌と豆腐作りは、緒形拳の主演で一九六九年にＴＶドラマ化された。それは貧しい豆腐屋が払暁の仄暗さに彩られ、体に鞭打ってなお、来る朝も来る朝もできそこなって、どうか明日は立派な豆腐を作れますように、と祈るものだった。だが、そうした職人技の激しい労働と工夫を、カオは研究者魂で乗り越えようと考えた。

三つ目の理由は、カオがベトナム人と日本人の、二つの舌を持っていたことである。日本に留学してから、三十五年も日本料理を食べてきた。味覚は日本人に近いのだ。それに祖国の味覚も失っていない。日本人の舌にも、ベトナム人にも合う、美味しくて安全な豆腐を自分なら作れる。そう信じた。

カオは「仁」という言葉を大事にしている。ベトナム語で「ニャン」と読む。祖父は漢方医だったが、その後を継ごうとした父は抗仏戦争とベトナム戦争に身を投じ、学業を諦めた。両親は小舟で商品を売り歩き生計を立てた。カオが生まれ、育ったのもその小舟の上である。貧しかった。二つの戦争で社会も人の心も乱れている。その混乱と貧困のどん底にあっても、しかし、父がまがい物を売ったり、人を騙したりしたことは一度もない。

「お前たち、仁《ニャン》が心の真ん中にないとだめだよ」

父は事あるごとにそう言った。儒教の影響を受けていたのだ。それは人間として正しく、あるべき姿を求めることで、同時に人のために行動することだ、とカオは受け止めた。たった一丁の豆腐であっても、祖国を愛し、そのために尽くす——それは東芝のキャリアを捨てるのに十分な動機となった。

豆腐屋開業の元手は二千万円の早期退職金である。このうち八百万円でホーチミン市郊外に千三百平米の土地を買い、土地整備費に三百万円、中古の豆腐製造機械に三百万円、その他の備品に四百万円を投じた。

中古機械を紹介したのは豆腐ビジネスの総合コンサルタント・南川勤で、斜陽の豆腐屋の間を走り回っていた。

カオについては、「豆腐に興味がある人がいる。会ってほしい」と知人から紹介を受けたのだが、南川は、なぜ東芝の技術者が自分に会いたがるのだろう、と不思議に思った。東芝と豆腐のつながりを見つけられないまま、カオと面談した。

開口一番、カオは「日本の豆腐はおいしい。研究しているんです。ベトナムで豆腐屋をやってみたいと思います」と言った。

南川はびっくりした。ずぶの素人が豆腐屋を、しかも海外でやりたいなんて。研究者の道楽かな、と南川は思った。

「大変だよ。豆腐は単価が安いからね。東芝の安定した生活を捨てて、ビジネスとしてやるには覚悟がいりますよ」

そして、南川は次々にリスクを挙げた。炎天下では衛生面の問題があること。この程度の退職金では足りなくなる可能性があること。日本ではいま、多くの豆腐屋が潰れつつあること……。

心配をしたカオの妻は何度目かの面談についてきた。

しかし、南川が豆腐商売の難しさをいくら説いても、カオはベトナムで豆腐屋をやる、と言って聞かなかった。ベトナムの不衛生で小さな豆腐屋は、いずれ日本のようにスーパーやコンビニに駆逐される。自分が美味い豆腐を彼の地のスーパーに供給してみせる、と。

頑固な情熱の塊だ。南川が豆腐の十の秘訣を二つ教えると、カオは残りの八つを自分で調べてきてしまう。

――これが研究者なんだろうな。

閉口しながら南川は教えたのだが、カオは「南川さんには『頑張れ、頑張れ、もっとやれ』と励まされたよ」というのである。どんな言葉も前向きにとらえるところが、彼にはあった。

難敵の妻もしまいには納得してくれた。長男は独立し、二男もあと二年ほどで大学を卒業するところまで来ていた。彼女も多くの仕事を手掛けていて、当分、生活には問題はなさそうに思えた。

彼は東芝を退社すると単身、豆腐の機械一式を揃えて、ベトナム帰国を果たした。すぐに会社も設立した。社名は「Ｖｉ Ｎｇｕｙｅｎ（ヴィ・グエン）」。ベトナム語で「味の源」という意味である。日本発の工学博士の豆腐屋が彼の地に誕生した瞬間だった。

2

――本当に戻ってきた。

川沿いの工場予定地に立って、カオはもう一つの感動に浸っていた。南ベトナム出身の彼が、こうして祖国に戻ってくるまで、三十五年を要したのだ。

カオが日本に国費留学をしたのは十九歳のときである。学業を諦めざるを得なかった父に代わって、名門「フート大学（現・ベトナム国家大学ホーチミン市校工科大学）」に進学し、在学中に国費留学の選抜試験に合格して、日本行きの切符を手にした。

アメリカが軍事介入してから十一年、泥沼のベトナム戦争はそのころ、米軍が北ベトナム爆撃を再開しようとしていた。ところが、留学から三年後の一九七五年四月、北ベトナム軍と南ベトナム解放民族戦線（ベトコン）の総攻撃を受けて、南ベトナムの首都だったサイゴンは陥落、南ベトナムは崩壊し、カオたち留学生は帰る場所を失ってしまった。南ベトナム出身者は無国籍となったのである。カオはこう回想する。

「日本には当時、一千人以上のベトナム人留学生がいました。ほとんどが南ベトナム出身者で、陥落のその日から留学生たちは日本を離れ、米国、カナダ、オーストラリアなどへ移住していきました。日本に残ったのは、北ベトナムやベトコンにシンパシーを抱く者か、貧しくて移住先を見つけることができない人たちでした。その中に妻もいました」

実は、カオの祖父と父は、ベトコンの秘密工作員であった。特に祖父は抗仏戦争時にフランス軍に逮捕され、流刑されたこともある筋金入りのベトナム共産党員である。ベトコンは、共産主義者だけでなく、反米・反帝国主義の民族主義者や愛国者など幅広い民衆に支持されていた。カオは運動には参加しなかったものの、父たちを誇りに思っていた。だから、他の留学生にとって「最悪の日」となったサイゴン陥落の日は、父たちが命をかけて戦い取った勝利の日だった。

そのころから、いつか祖国に帰ろう、と思っていたのである。

ところが、期待した新政権はいばらの道を歩み、カオの期待はしぼんでいく。急速な社会主義化に伴う国有化や資産制限は、都市部で商業を営む中国系住民の国外脱出やボートピープルを生んだ。第六話で紹介した元日本人残留兵士の當間元俊が、日本への帰国を強いられた時期である。さらにカンボジアとの戦闘や中越戦争が続いた。ベトナムの近代史は太平洋戦争時の日本軍支配を含め、戦争と動乱の歴史でもあった。

ベトナム戦争終結から五年後、カオは一時帰国をしている。博士課程一年目のことである。学生結婚をした妻や生後六か月の長男を連れていた。

物資が不足しているのは知っていたから、妻は粉ミルクや紙おむつなどをスーツケースに詰め込んでいた。だが、祖国の窮乏は二人の想像を超えていた。経済の門戸が閉じられ、個人経営の商店が認められていない。公営デパートの棚には申し訳程度にしか物が並んでいなかった。おむつを捨てるビニール袋や、袋を縛る輪ゴムもない。妻が家族への土産に持ってきた婦人下着も、ホテルで盗まれてしまった。戦争遂行に必要ないものはすべて不足しているのだ。

見過ごせない事件も起きた。外出した妻が険しい顔で帰ってきた。数人の若者が自転車で近付き、妻の尻を叩いてニヤニヤしながら逃げていったという。高潔なベトナム女性にとって、それは許すことのできない行為である。

――この国はいま、モノが欠乏しているだけでなく、人の徳まで貧乏してしまっている。ベトナムの選んだ社会主義とは何なのだろう。父たちがこんな国づくりを望んでいたわけがない。

二人は失望して留学先の日本に帰った。戻ると、東工大や慶応大の留学生仲間らを集めて、「NHOM TIM HIEU NHAT BAN（日本について勉強する会）」を作り、国づくりの勉強会を開いた。

「かつての日本は、ベトナムよりも貧乏だったではないか。その日本が成功するまでにどのような道をたどってきたか、その経験がベトナムの現状を打開するのに活かせるのではないか」

仲間にはそう訴えた。

数年後、カオたちはそこで学んだことを、『日本企業の新社員の教育制度と経営管理について』という本にまとめている。それはのちにベトナムで再発行され、政府内部で広く読まれた。その記事を新聞で読み、カオたちは誇らしく思った。本人たちはそうは言わないが、彼らの行為は愛国の一つの形である。

そうした強い気持ちがありながら、帰国できなかった理由の一つは、東芝の研究所が差別の少ない、居心地のよい職場だったからでもある。外国人研究者がほとんどいない時代に、同僚たちは気軽に声をかけ、大酒飲みのカオを「うわばみ」と呼んで飲みに誘ってくれた。課長待遇である主任研究員の昇進審査では、人事部が外国人であることを理由に難色を示したが、東工大出身の上司が人事部に口添えをした。

「カオさんは日本人ではないが、この東芝に骨を埋めるつもりで働いています」

認められたことが誇らしく、ますます辞めにくくなった。それにベトナムでキャリアを生かす先はなかったのである。ベトナム共産党が打ち出した「ドイモイ（刷新）」政策と経済自由化が定着し、カオが豆腐作りを見出すまでは——。

ベトナムに帰国したカオは、事務所の中二階にマットレスを敷いて寝起きした。朝から晩まで良質な水を探し、やがて、冷奴をもじって「ＨＩＹＡＫＯ」という名前で、市販の五倍の高級豆腐をスーパー向けに売り出した。一日一万丁を生産しようという自信作だったのだが、これが一日二十丁から五百丁しか売れなかった。首をかしげながら改良しては捨てる日々が二年間も続いた。その間に人件費、大豆、ガソリン代など物価は上がり、採算が取れなくなっていった。

——なぜ売れないのだろう。家族や友人も「おいしい」と言っているのに。

研究とは精神の苦痛だ、とカオは思う。壁を突破しようと試行錯誤はなおも続き、ある日の試食会で、知人が「これじゃだめだよ」と言い出した。

「ほら、見て」

鍋からすくい上げた豆腐が、箸の間からぽろぽろと崩れた。ベトナムでは生ものを食べる習慣がほとんどなく、豆腐も鍋に入れたり揚げたり、火を通して食べる。日本に長くいるうちに冷奴と刺身が好物になったカオは、そんなことを半ば忘れていた。つまり、ベトナム人が好む、堅めの豆腐が必要なのだ。

それから半年後、女性社員のアイデアで凝固剤を工夫したところ、崩れず、それでいて口あたりの滑らかな理想の豆腐ができあがった。それと、「ＨＩＹＡＫＯ」を二本立てで売り出すと、売り上げは右肩上がりに伸びて行った。

現在、一日二万〜三万丁の豆腐製品を生産し、ホーチミン市内にある九百店のスーパーに卸している。二〇二〇年は前期より約二億円以上も増えて三億八千万円に、二〇二一年は四億円超えを予想している。売上増の要因は豆腐よりも蒟蒻や白滝の販売増が寄与しているという。

「ホーチミンではいまやうちがトップ。二〇一八年からハノイにも進出し、ベトナム全体でシェアは二位になりましたよ」とカオは言う。

ちなみに一位はタイの財閥系、三位は韓国最大の食品会社だ。ベトナム豆腐戦争はグローバル企業との戦いでもある。

カオの夢は、フランチャイズ方式を取り入れ、南北に長いベトナムの隅々にまで美味しい豆腐を供給することだ。

「各店舗のコントロールができない」と副社長の息子は

カオ・ミン・タイさん（中央）。妻のニュンさん、息子のケン副社長と

反対するが、豆腐は水の良いその場で作り、供給すべきだ、それにはフランチャイズ方式しかない、と信じている。彼は初めて自宅の台所で作った手作り豆腐の感触が忘れられないのだ。そして、同胞たちに俺が工夫した味を届けたいと言う。

そのカオに、敬虔な仏教徒である妻は「努力」や「福徳」の教えを説く。仏教の教えは難しいし、俺はもう十分に頑張っているんだよ、と彼は思う。

面と向かって言い返すことはできないから、心の中でつぶやく。

——なんだ、つまらんなあ。褒めてくれたっていいのにな。

豆腐屋のおやじに終業という言葉はないし、サラリーマンのときのように焼き鳥屋に寄り道することもできない。錆びたコンテナを改造した粗末な社長室の窓からひとり、豆腐の発送作業を見つめている。

第十二話　友達にこんなアホがいるって、なんか嬉しい「どんどん変わってきたことが自慢や」

1

竹岡和彦は大阪・天満で広告代理業を営んでいるが、同志社大学時代は新左翼系学生運動の闘士であった。日本政財界のベトナム戦争加担に抗議し、反対デモで捕まったこともある。第十一話で紹介したカオ・ミン・タイの六つ年上で、「ベトナム人民との連帯」を叫んだ団塊の世代である。

ただし、思想的な根は浅い。のちに、「森下仁丹」社長で自民党参院議員だった森下泰《たい》を「師匠」と仰ぎ、同党の大阪府会議員も務めている。

何者とにわかに断定できない多様な過去である。友人らには「いっちょかみ（一丁噛み）」と評されたり、「おちょけ」と呼ばれたりもする。それは関西弁で、好奇心の赴くまま何にでも首を突っ込んだり、巻き込まれたり、悪意なくふざけたりする懲りない大人という意味らしいが、どれもぴったりではないようで、友人らの評価は、

「まあ、とにかく無茶しおる奴や」

というところに落ち着いている。


酒は一滴も飲まない。斜交《はすか》い気味の、酒気を帯びたような物言いをして、居酒屋から高級クラブ、雀荘までどこまでも素面で付き合い、関西の政財界に広い人脈を築いている。

その竹岡の〝近況報告〟は、いつも友人たちの首をひねらせる。連絡が来るたびに仕事や立ち位置が違う。何をやっているのか皆目、見当がつかないのだ。友人たちは言った。


「米軍基地に突入しようとして捕まった。デモ隊で電柱担いで突っ込んでいたで」

「北新地で寿司屋をつくった。丁稚《でっち》にもなった」

「選挙違反で捕まった。身代わりらしい」

「府会議員になった。落選した。参議院に立候補した」

「嫁さんに逃げられ、離婚したそうや」

「堺屋太一の大阪事務所長になった」

「再婚した」

「ハワイのゴルフ場の社長になった」

「ホノルルの園遊会で天皇陛下と握手したそうやで」

「芦屋に分譲マンションを造り、ペントハウスに住んでる」

「ロータリークラブの運営に異議を唱えて、十人連れて集団脱退した」

「ペントハウスを売り払った。広告代理店の株を買った」

　当人は、「どんどん変わってきたことが自慢や」というが、友人は「もう、ようわからん」。

　パソコンスクール代表の池渕寛は口調も懐かしそうに言った。

「でも友達にこんなアホがいるって、なんか嬉しい」

　そして、竹岡に最近、報告すべきことがまた一つ増えた。

「末野に訴えられた」

　末野とは、「浪速の借金王」と呼ばれた元末野興産社長の末野謙一のことである。大阪市此花《このはな》区四貫島《しかんじま》の長屋で末野は育ち、ダンプカー一台から身を起こして、全国に二百五十棟もの賃貸ビルを所有するまでに富を築いた。土建業から大阪の花街の買収に転じたのが飛躍のきっかけで、「バブル御殿」と称する三階建ての豪邸を三十億円かけて建て、ロールス・ロイスだけで十四台も持っていた。

「いつも手離さない黒かばんの中に数千万円の現金を入れていた」とは本人の弁である。

　ところが、バブル崩壊後、旧住宅金融専門会社（住専）五社から借りた総額二千五百四十九億円を返さず、それどころか資産隠しの末に逮捕され、懲役四年、罰金三千五百万円の実刑判

竹岡和彦さん

決を受けていた。

その借金王の会社から二〇一九年、「借金を返せ」と竹岡は大阪地裁に訴えられたというのである。請求額は九億六千万円にも上っている。大阪の親しい友人は竹岡の多難と交遊の広さにびっくりしたことだろうが、私は別のことに驚いた。

訴えるならともかく、借金王に訴えられるとはどういうことだ？

それに、訴えた末野は「借金王」の名の通り、「すってんてんや」と言い張ってきたのである。人に貸すようなカネがあるなんて、彼から取り立てようと訴訟を連発してきた国策回収会社「整理回収機構」もびっくりだろう。

末野には回収時効というものがない。次々と訴訟を起こされ、整理回収機構から今も七千六百六十八億円余の返済を求められているのだ。「財産もなければ何もない」と末野が返済に応じないため、その返済額は、年間十四％の利息（遅延損害金）が上乗せされ、毎年約二百三十億円ずつ増え続けている。返済額が一兆円を超える日も遠くない。回収機構の関係者は、

「末野はカネに極度に敏感で、年金でさえ入金の知らせがあると、すぐに引き出していた。うちは生活資金など差し押さえないんだがね」

と言っていたのだ。

私は二〇一八年秋、末野に三度会っている。若いころから何度も逮捕され、徹底的に批判されながら這い上がる、叩き上げ人生を取材していた。傍目には、借りて返さぬ悪質債務者に過ぎな

いが、そのぎらぎらとした無頼を応援した銀行や住専のエリートたちもいたのである。

一方で、末野は整理回収機構の特別回収部、通称「トッカイ」から、「出所後も、どこかに住専マネーを隠し持っているのではないか」という疑惑を持たれており、私にはそれを直接、問い質したいという思いもあった。

「まだ隠し持っていると言われていますが」

ホテルのレストランで、私が尋ねると、末野は嗄れた早口で語り続けた。

「隠し金などありまへんよ。僕はもう家がないし、預金もありません。カードもありません。携帯持ってません。使い方も知りません。今はプリウスに乗っています。目立たないよう頑張ってます」

そして、こうも言った。

末野謙一さん

「隠してると言うんだったら、証拠見つけないと。もしあってね、よう見つけんかったら、バカでんがな」
七十代半ばを超えて、いまも回収機構と渡り合う末野。その姿を後ろから見つめ、この二十九年間、付かず離れず交遊を続けてきたのが竹岡であった。
「バブルが終わるぐらいまでは、末野にも興味がなかった。ところが、末野は住専破綻によって国会に引っ張り出された。権力によってドーンと突き落とされたわけや。ダーティーなところもあるけど、バブル破綻で権力にやられた一人でもある、と僕は思うてた。そういう人間が泥沼からどう這い上がっていくんかな、というところにものすごく興味があった。大きい相手に真っ向から喧嘩をする人間を見たいんですわ。大阪人はみな、心の底に権力に対する反発がありますよ」

一九九六年の「住専国会」に、末野が参考人招致されたとき、同行したのは竹岡だったし、刑期を終えた末野を家族とともに、兵庫県の加古川刑務所まで迎えに行ったのも彼だった。

刑務所前に車を何台か並べて待っているところに末野は現れ、「おう」と軽く挨拶をした。かつては「わしはジャンフランコ・フェレの服しか着ないんや」と言った男が、ノータイ姿でやつれていた。その末野と家族を竹岡は自宅のペントハウスに招き、屋上の庭でバーベキューをして出所を祝っている。

実は、私に末野を引き合わせてくれたのも竹岡だった。紹介したところで竹岡に何か得られるものがあったとは思えない。彼は文学部卒で、「新聞記者志望だったから、野次馬でね」と仲介の言い訳をしたが、「あれは実はこうや」「あすこに行ったらあかんで」「案内したるわ」と、得にもならない世話を焼くところを見ると、やはり、〝いっちょかみ〟で、面白がりなのである。

——それにしても、末野が利子を付けて返せと主張する九億六千万円は何のカネだろう。

隠し金の一部なのか。竹岡は「末野も何を言い出すやら」と憮然としている。

私が考え込んでいるところに、二〇一九年十一月、『無鉄砲。団塊世代の狂詩曲』と題する、竹岡の自伝が届いた。文庫判サイズで三冊分もある。

その自費出版本を読んで私はまた驚き、出版記念パーティを開くと知って、あきれてしまった。その本の中で、末野との交遊やトラブルを明かしていたからである。猛禽のような末野の鋭い目を私は思い出した。自伝には関西政界や財界の秘事もてんこ盛りだ。

――なぜ今ごろ？　それもどうして自伝なのだろうか。

私は大阪に出かけ、パーティが始まる前の会場で、竹岡に聞いてみた。ブラックスーツに蝶ネクタイをつけ、浮き浮きと華やいでいる。

「身近な人に自分の人生を語れますか。『俺の人生こうやった』と二十七歳にもなる息子や妻に言うたって、面白くもなんともない。書いておきゃ、いつか読むやろう、と思うただけのことですよ。学生運動だ、選挙だと恥多き人生を記していたら、面白くなってきた。やっぱり政財界や末野のことも実名で残しておかんとね。それで書き終えてしまったのが本当のところですよ」

どんな人の心にも、身近な者には自分のことを正しく知ってもらいたい、という気持ちが眠っている。

人は肉体が滅びただけでは死なないという。本当にこの世界から去るのは、自分を知る人がいなくなるときだというのである。だが、残された人々が本当の自分を知らなかったとすればどうだろう。そこに自分史を書き残し、家族にしみじみと伝えたい、という気持ちが芽生える。それが「普通の人」の自分史ブームにもつながっている。

竹岡の場合は、その刊行の時期が、末野と対峙する時期と重なったということらしい。ただ、多くの自分史と異なっているのは、内容が赤裸々で、人間、とりわけ政治家なんてたいしたことはあらへん、といった明るい無常観で貫かれていることである。

2

そうした乾いた世界に導いてくれたのが、森下仁丹の中興の祖である森下泰と、サントリーの二代目社長・佐治敬三だという。二十六歳のころ、竹岡は大阪の北新地にある寿司屋でマネージャーを務めていた。店の常連客だった佐治にある日、尋ねられた。

「あんたは大学を出ているそうやな。なんで寿司屋で働いているんや？」

「大学を五年半もかかりまして、志望した新聞社に入れませんでした」

竹岡は製紙工場の技術者の長男として大阪で生まれ、京都で育っている。同志社大学の学生新聞局でガリ版を刷り、新左翼運動に傾倒してゲバ棒を担いでデモ隊の先頭に立っているうちに留年したのだ。学生運動の同志には歌手の加藤登紀子の夫となる藤本敏夫がいる。卒業後、広告会社で働いているうちに、取引先が新たに始めた寿司屋を任されるようになっていた。学生結婚をしてすでに妻帯者でもあった。

「なんで諦めてしもうたんや」

「ちょっと学生運動を……」

と竹岡が口ごもったところで、佐治は隣の小太りの首の短い男に声をかけた。

「どや、この子を使ってみたらええがな」

その連れが森下である。森下は参議院議員の補欠選挙に出馬したが落選し、次の参院選全国区に打って出ることにしている。ついては選挙運動を手助けしてくれる若者を探しているという。

「学生運動も選挙運動も同じ運動や。やってみなはれ」

その一言で、竹岡は森下の選挙事務所で働くことになった。彼らの思想の底の浅さを佐治は見抜いていたのだろう。ビール事業で成功を収めた佐治は、食品事業や、サントリー美術館、音楽財団などの文化事業にも取り組んでいた。

彼の口癖である「やってみなはれ」は、迷ったときの竹岡の指針になった。人は変容して生きる。立ち止まった後は、前に進むしかないのだ。


転身から五か月後の一九七四年六月、森下の参院選挙運動が始まる。竹岡はビラを配り、ポスターを貼り、マイクを握る。間もなく騒ぎが持ち上がった。

「誰が責任を取るんや」

「警察の呼び出しもかかってる。えらいこっちゃ」

事務所幹部が頭を抱えている。森下の後援会活動用のポスター十万枚を選挙運動期間中も掲示していたことが問題になったのだ。選挙運動期間中は証紙を貼った選挙用ポスターを、決められた枚数だけ掲示できるのだが、事前運動用のものを全国の薬局の店頭に貼り続け、公職選挙法一四二条、一四三条（法定外文書の頒布と掲示）違反に問われようとしていた。配布したのは森下仁丹の社員である。

やがて竹岡は事務所幹部にこう告げられる。

「選挙違反な、聞いてるやろ。あんたに頼みたいんや」

企業の社員たちに代わって責任をかぶれ、というのだ。後で考えてみると愚かなことだったが、その時は奇妙な連帯感と義俠心が芽生えており、一方に恩が売れるかもしれないという打算もあった。そして身代わりで自首し、肝心なところは黙秘を貫いた。

自首から十日目、留置所の看守が弁当を持ってきた。事務所からの差し入れだ。冷めた焼き飯の上にウィンナーソーセージが四本、「V」の形で並んでいた。

――センセイ、当選しはったんや。

釈放されると、大阪・ミナミの高級料亭に招かれた。竹岡によると、関西電力、サントリー、大阪ガス、住友金属工業など関西を代表する大企業幹部や関西経済連合会の専務理事ら七人が、三十畳ほどの和室にずらりと並んでいた。主催した森下は財界幹部に選挙支援のお礼を述べた後、竹岡を紹介した。

「私の秘書として、選挙の責任者にします。ご指導、ご鞭撻のほどよろしくお願いいたします」

それは、これからは竹岡を資金集めに行かせますからよろしく、という挨拶でもあった。

——まるでヤクザの世界のようやないか。

竹岡はそうして政治と企業の裏を知り、生きたカネの使い方を学んでいく。

森下は、元大阪マルビル会長の吉本晴彦やサントリー名誉会長だった鳥井道夫と並んで、「大阪の三ケチ」と呼ばれた商人である。大阪でケチと呼ばれることはありがたいことや、と彼は言った。

「世間様が森下泰はケチだと認知してくださる。そしたら、変な団体から寄付を募られることがない。けどな、生き金は惜しんだらあかん。年下の者にはおごってやり、ここぞというときはポンと寄付してやれ」

総理の田中角栄が来阪したときには世話係を買って出た。選挙違反で執行猶予判決を受けた竹岡は森下の秘書となっている。

角栄は控室で竹岡に問いかけた。

「ところで、落選中の議員は来ているかね？」

なぜそんなことを聞くのか、訝しがりながら、古川丈吉の名前を挙げた。「塩じい」と呼ばれた元財務相の塩川正十郎に敗れて落選した元代議士である。パーティが始まると、田中は大阪選出の国会議員を登壇させて激励した後、語調を変えた。

「ところが、一人だけこの壇上に上がれない元議員がいる。古川君、いるかね！」

そして古川の地元への貢献を称え、「なぜこんな男を大阪は落選させてしまうのだ」と叱咤して、呼びかけた。

「古川君も壇上にあがりたまえ、さあ！」

古川は感涙し、塩川は困惑気味に拍手を送り、会場は一気に熱気と感動に包まれた。控室での会話は何気ないものだ。それをこんなパフォーマンスに仕立て上げる政治家の人心掌握術を目の当たりにした。


森下事務所に入って十二年後、彼も候補者を支える側から選ばれる側に回る。一九八六年に大阪府議会議員補欠選挙に当選し、その後、府議選、さらには参院選へと出馬する。だが、府議のバッジを付けたのは一年足らずで、その後は大阪政界の騒動に巻き込まれ、多くのものを失っていった。

狭い地域社会で選挙に勝とうと思う者は、私生活のすべてを捧げなければならない。ある日、後援会の人から指摘された。

「竹岡さんの奥さんな、いつも同じ八百屋さんで野菜買うてはるけど、あれは具合悪いで。あっちこっちで買わなあかんのんちがうか」

それを聞いて妻は「監視されてるみたいや」と気味悪がった。遠くまで買い物に出るようになった。竹岡は家では髪を洗わないようにした。出かける先々で床屋を訪れ、洗髪をするためである。妻は、犬にまでお辞儀しそうになった、とぼやいた。

「路地から犬が出てきたんでね、犬と散歩している人や、と思って慌てて挨拶しようとしたら、犬だけだったのよ」

どこにいても見られているという感覚から逃れることができない。視線を感じて振り返ったら、竹岡の選挙ポスターだった。自宅にかかってきた怪電話を十五歳の娘が受けてしまったこともある。

竹下登元首相（右端）らと

「あんたのお父さん、別のところに女の人がいて、子どもがおるそうやで」

その一つひとつが娘の心を深く抉ったのだろう。ある日、貧血で倒れて救急搬送された。「すまない」と竹岡は思ったが、忙しくて病院に行くことはなかった。

宗教票を二千万円で買える、と持ち掛けられたこともある。二度目の大阪府議選だった。それを断って結局、約二千四百票差で落選をした。妻は選挙後、すぐに娘を連れて実家に戻り、離婚届を弁護士を通して渡してきた。哀しかった。

「死ぬこと以外はカスリ傷」と口にしてきたが、これは深手だった。

その直後に師匠の森下を心不全で失い、竹岡は二年後に大阪政界を引退する。政界は十五年間の仮の宿に過ぎなかったのだ。

それから約三十年が過ぎ、ここはヒルトン大阪四階の「真珠の間」。『無鉄砲』の出版祝賀会会場である。約百三十人が集まったところで、いきなりタレントが絶叫調の自伝朗読を始めた。

あれから竹岡はハワイでゴルフ場開発を手掛け、不動産業を営み、パチロット（パチンコ玉を使ったパチスロ）事業にもからんで、しぶとく生きてきた。政財界からアンダーグラウンド世界まで、その境界線から身を乗り出すように、裸の大阪を観察してきたのだ。

自伝には著名人の実名が満載なのだが、それでも原稿にあったヤクザや芸能人、スポーツ選手らの記述は削除されているらしく、朗読の続く会場では早くも続編を望む声が起きていた。

「買って下さいよ」

一冊千円、全巻で三千円也とアナウンスが流れ、竹岡本人はマイクを手に壇上に立ち、友人のギター演奏で歌い始めた。

さて、末野の訴訟の行方はどうなるのだろう。そして、借金王の〝隠し金伝説〟が暴かれることはあるのだろうか。彼に尋ねてみた。

「トッカイというんですか、整理回収機構の連中に呼ばれたら僕は行きますよ。行って説明します、ありのまま」

いっちょかみの顔を覗かせながら、「だって、面白そうやないですか」と竹岡は笑った。

第五章

さよなら「日本株式会社」

バブル経済が崩壊した一九九二年六月、大蔵省銀行局長に就いた寺村信行の前に、分厚い引継ぎ資料が置かれていた。資料の冒頭に、前局長の土田正顕が記したメモがあった。「銀行局は、今や火事場になった。悪戦苦闘の日が続く。ご健闘を祈る」。だが、金融機関の裾野にいた社員たちが、その「火事場」、つまり金融危機を認識するのは三年後のことである。その火の勢いは住宅金融専門会社の経営破綻で加速し、九七年十一月、三洋証券、北海道拓殖銀行、山一證券が週替わりのように潰れた。二〇〇三年末までに破綻した金融機関は実に百八十一を数える。不安と閉塞感のなかで、膨大な数の社員たちが転職先で生き直しを迫られた。

第十三話　四つ目の生
「急げ！　iPS」

これは、「会社破綻のおかげで、私は三つの人生を生きた」と話していた女性が、生前には語らなかった四つ目の生をめぐる話だ。

1

きりりと晴れた二〇一九年一月六日のことである。山一證券業務管理部長だった長澤正夫は、届いたばかりのゆうパックを開封して、首を傾げた。

新書本が一冊、それに居酒屋のプラスチック製チケットが四枚入っている。差出人は郡司《ぐんじ》由紀子とあった。彼女は山一の業務監理本部時代からの部下で、いまでは気のおけない飲み友達である。メモが同封されていた。

〈お借りしていた本をお返しします。ありがとうございました。「ちょっぷく」のチケットです、お使い下さい〉

ちょっぷくは、入り口に黄色の提灯を六つぶら下げた、東京・人形町の安酒場である。客は一枚三百円のチケットを券売機で買い、どれも三百円の酒やつまみで飲む。ゆうパックに入っていたのは、三百円の青札が二枚、赤いラッキーチケット（たまに券売機からころりと出てくる六百円の当たり札である）が二枚だったから、二合の酒とつまみ四品分ということになる。

そこは長澤や郡司らが馴染んだ場所で、多いときには毎月一度、顔を合わせていた。

――彼女はもう行く気がないのかねえ。あの呑兵衛がどうしたんだろう？

郡司は、山一證券の社内調査委員会に志願した一人として、仲間たちには知られていた。山一證券は二十四年前に約二千六百億円の簿外債務が発覚して自主廃業に追い込まれている。その直後に米紙ワシントン・ポストは、山一證券の社長・野澤正平が泣きながら頭を下げる写真を添えて、〈Goodbye, Japan Inc.（さよなら、日本株式会社）〉という見出しの社説を掲載した。終身雇用と年功序列が常識だった「日本株式会社」は終わりを告げたのである。

その破綻のとき、右往左往する役員や幹部に代わって、「誰が、なぜ、いつからこんな債務隠しをしていたのか」という疑問を解明するため、山一で有志による社内調査委員会が組織された。メンバーの多くは、それまで「稼がない組織」と言われていた業務監理本部の社員たちだった。業務監理本部は本来、山一社内の不正行為を監視する立場にあったが、歴代社長を含めて中枢が不正に手を染めていたから、社内で厄介者扱いされ、その事務所も都心側の本社から約五キロ、汐浜運河を越えた塩浜ビルに置かれていた。

ところが、会社破綻という非常事態を迎えると、いままで〝場末の人々〟のように扱われてきた、通称「ギョウカン」の面々が社内エリートに代わって動き出した。次々と再就職先に転じる役員、幹部たちを横目に、彼らは崩壊した会社にとどまって極秘資料を掘り出し、約四か月にわたって百人を超す関係者からヒアリング調査を実施した。長澤はこの社内調査委員会の事務局長を買って出て、郡司は補佐役を務めた。

郡司は下町の元警察官の娘で、母親から「女も手に職を持たなきゃだめだ」と事あるごとに言われて育った。女優の永作博美に似た美人だが、男勝りである。それは短大を出、幼稚園教諭を一年で辞めたあと、証券会社でもまれたからなのか、それとも母親譲りの気性なのかはよくわからなかったが、女性社員にも好かれる、さっぱりした姉御肌なので、権限もないまま、最後の調査に奔走する上司や同僚を見捨てるようなことができなかったようだ。

彼女は一九七一年の山一入社以来、約二万株の自社株を貯めていた。一九八七年には三千百三十円まで値を付けた山一株である。その株券も破綻とともに紙くずになってしまった。蓄えの大半を失い、独身でもあったから一刻も早く転職先を決めたかったはずだが、彼女は社内調査を手伝い、最後の株主総会が終わる九八年六月まで会社に踏みとどまった。その分だけ、第二の人生は遅れたということになる。

その理由について、郡司はこう話していた。

「『潰れた会社を調べてどうする』という人もいましたが、何としても事実を知りたかったのです。どうしてこんなことになったのか、社員も知る権利があると思いました」

ゆうパックが届いて約半月後の一月二十二日、長澤は郡司から電話をもらって、千葉県内の病院に向かった。

「入院しているんだけど、顔が見たいの」

郡司由紀子さん（左から３番目）と社内調査委員会のメンバー

と呼ばれたのだった。山一の清算業務センター長として、最後まで山一に残った菊野晋次も呼ばれて同行した。菊野は山一證券の元理事で、社内調査委員会の相談役でもあり、その後、彼女に転職先をあっせんしている。
ところが、訪ねた病院に郡司はいなかった。後で気が付いたのだが、その日は郡司の母親の一周忌で、一時帰宅して法事を営んでいる最中だった。一人暮らしの彼女は時間に追われながら、ある準備を整えていた。二人はそれを知らなかった。
約三時間後、彼女は車いすであわただしく病院に帰って来て、ベッドで横になった。
「どこが悪いの？」。菊野が尋ねると、かすれた声が返ってきた。

「膵臓《すいぞう》」

そのとき、医師が入ってきた。菊野が気を取られていると、彼女は長澤のほうに顔を向け、声を落として話を続けた。

長澤の顔がこわばった。「がんなの」と彼女は小声で打ち明けたのだ。膵臓がんは急速に肥大して手術もできないという。

——そうか、あんたはずっと黙っていたんだな。

そこで初めて、長澤は居酒屋のチケットを送ってきた理由がわかった。もう飲みには行けなかったのだ。

その長澤は四年前に妻の理恵子を亡くしていた。以来、月命日の墓参は欠かさなかった。そして、「妻といまも一緒にいるんです。きょうも出かける前に話してきました」などと言い出し、家にこもることが多くなった。彼は痩身で銀縁眼鏡をかけ、ひ弱に見えるが、向こう気は強かった。山一の不良債務隠しが明らかになったとき、こう憤っていたのだ。

「人間は弱いものです。自己保身に走る。そんな弱さは自分にもあります。そりゃあ、清廉潔白には生きられませんよ。だから私が鞭打つことはできません。でもねえ、会社ぐるみでだますなんて許せませんよ」

腕力はないのに喧嘩っ早い、直情の気性をしばしばのぞかせていたのだが、最近ではすっかり元気がなくなっていた。

ちょっぷくで開く飲み会は、そんな長澤を街まで引っ張り出すための口実でもあり、郡司や菊野が呼びかけていたのだった。三人のなかでは、八十歳になる菊野が親父役で、郡司はその娘、長澤は兄のような間柄だ。その役回りで三人、中国旅行に出かけたこともある。焼酎の水割りを飲みながら、長澤の思い出話を聞いて、菊野が「うん、うん」とうなずく。そして、郡司が「長澤さん、元気出してよ」と背中をドンと叩く。そんなことが酒場で繰り返されてきた。

「いろいろと決めてるのよ」

病室で彼女がそう言ったところで、治療が始まり、長澤たち二人は追われるように病室を出た。彼女は微笑んでいるように見えた。別れ際に菊野が、「グン、頑張って。じゃあまたな」と言ったのは、「がん」という肝心な言葉を聞き洩らしていたからである。

帰りのバスのなかで、「よう飲んだなあ」と菊野はつぶやいた。

「グンは男ぐらい飲んだ。仕事が好きで酒が好きなんだよ。あの娘は」

「私、グンちゃんにつぶされたこともありますよ」と長澤が言った。

「酔いつぶれたあんたを指して、『おやじさん、きょうはマサオさんを連れて帰って下さい』って言ってたな」

三人が頻繁に飲みにいくようになったのは、山一破綻の半年前からである。長澤は連日のように、証券取引等監視委員会の事情聴取を受けていた。総会屋に対する利益供与事件をめぐって、山一の業務監理本部までが家宅捜索を受け、彼らも組織的な隠蔽工作をしているのではないかと追及されていた。

監視委員会の調査官に絞られ、「隠蔽なんて濡れ衣ですよ」と激しいやり取りをして、午後十時前後に江東区塩浜の業務監理本部に戻る。すると、真っ暗なビルの一室にあかりが灯っていた。営業考査部長の菊野と郡司が待っている。

「じゃあ、これから飲みに行くかい」という菊野の声が、いつもの合図だった。

山一はそれから、前社長までが利益供与事件で逮捕され、十一月の自主廃業へと転げ落ちていく。郡司は、「アジト」と呼んでいた本社の社内調査委員会の一室と、菊野が差配した塩浜ビルの清算業務センターを行き来しながら、土壇場の人間模様を見つめていた。四十八歳になっていた。

彼女が会社幹部に厳しいのは、そのときに見た光景のためである。それが彼女を変えていく。彼女はこんな内容のことを書き残している。

〈アジトを置いた本社の十六階には社長室もあり、話す機会がありました。野澤正平社長はまるで廃人のように見えました。社長から「あんたは元気があっていいね」と言われましたが、私は「から元気です」と答えました。この人が社員の運命を握っていたのかと思うと、情けなくなりました。

社長室での社長、会長はまるで夫婦のように寄り添っていましたね。慰めあっているのか、この人が社運を握っていたのか、路頭に迷う社員がいることを考えていたのか、と思う反面、気の毒に思う自分がいました。テレビで「社員は悪くありません」と流した涙は、野澤社長の精一杯の言葉だったのでしょうか〉

ＮＨＫの特集で、元山一役員たちのその後の姿が放送されたことがあった。出演した役員は、ひどく萎れて見えた。それを見た郡司は憤慨して、長澤たちに言った。

「女の私たちは、たそがれてなんかいられないのに！　親の介護で忙しいのよ。元役員なら、『前向きに生きています』と言ってほしかったですよ！」

会社破綻をめぐる当時の群像劇が、二〇一五年にＷＯＷＯＷで、「しんがり～山一證券　最後の聖戦～」としてテレビドラマ化された。宝塚出身の女優・真飛聖《まとぶせい》が、郡司をモデルにした女性社員を演じたが、真飛聖もやはりドラマのなかで、「こら！」と長澤役の矢島健一たちを叱りとばしていた。

2

そんな姉御の像を崩さないまま、二月九日未明、彼女はいきなり逝った。六十八歳だった。

長澤と菊野の自宅には訃報の二日前に、箱入りの明太子が郡司から送られてきていた。菊野はびっくりして、これは何かの間違いではないか、と思った。

――病気見舞いのお返しが届いたばかりじゃないか。いきなりどこへ行くんだ。逝く順番も違うだろう！

そして、彼女があのときに二人を病院に集めたのは、別れを告げるためだったことに、ようやく気づいた。

突然の死はまた、親しい友人たちを強く揺さぶった。それは自らの人生を重ねた狼狽であり、賑やかで開けっぴろげだった女性が、膵臓がんとの闘病を伏せていたことに対する驚きであった。旧山一の同窓会や旅行会がこの間に繰り返されていた。笑顔を振りまいて飲んでいた彼女はそのとき、がんと闘っていたのだ。

準備について知っていたのは、双子の妹、ただ一人である。固く口止めされていたのだという。

彼女の葬儀は自宅に近い駅前の斎場で営まれた。「しんがり」のＤＶＤや、ＷＯＷＯＷの撮影所で長澤や菊野、それに俳優陣と撮った記念写真が飾られていた。真飛聖や萩原聖人、林遣都、佐藤Ｂ作ら俳優たちが彼女のそばで笑っている。

告別式であいさつに立った妹が、郡司の闘病の一端を打ち明けた。

「姉は、病気がわかり宣告をされて、一年四か月しかもたなかったんです。その間に母を見送り、自分はほとんど毎月のように旅行に行き、最後に東京オリンピックまでは生きたいと言っておりましたが、それはかないませんでした。一時、意識が混濁いたしまして、もうだめだと思いましたけれども、そこから奇跡的に復活して『皆さんに会いたい』とお電話をして、皆さんに会えて、それはとっても喜んでおりました」

山一の後輩の小野祐子はそれを聞いて、強い人だったな、と思った。全部自分で抱えて頑張った。すごい人だ。小野も働きながら、親の介護を続けている。

妹によると、郡司は二〇一七年十月に体調を崩して病院に行き、終末期の「ステージ4」だと告げられていた。夕方になって、妹の自宅にやってきた。玄関先に立ったまま、淡々と病気を明かし、「山一の人も膵臓がんになって半年だったから、私も半年だわ」と言った。

それから、「誰にも言わないでね」と付け加えた。

「しんがり」キャストとの記念写真。前列左から長澤正夫さん、郡司由紀子さん、菊野晋次さん

最期の日が近いとき、人には二つの選択が残されている。一つは、告知を受けたあとの感慨や治療を公にして、家族や友人に見守られて生きる道。もう一つはひとりで準備を整える道だ。

作家たちは多くの場合、前者を選択し、死に近づいていく自分を見つめる作品を残している。『淋しき越山会の女王』のルポルタージュで有名な児玉隆也は、

〈結婚して十二年になるが、妻が哭《な》くのはこれが三度めだ

った〉

と書き出す『ガン病棟の九十九日』（新潮文庫）を残した。

〈その夜、私の仕事に対して、ある賞をいただくことが決まったという報せの電話を受けていた妻は「ありがとうございます」と震え声で言ったまま絶句し、受話器を私に押しやると、台所に駆けこんで水道の蛇口をいっぱいに開いた。彼女は嗚咽を子供たちに気づかれまいとしているようにみえた。だが、いまになってわかるのだが、あのときの妻の神経は子供にはなく、私に嗚咽の意味を穿鑿《せんさく》されることの怖れに集中していた〉

それは死に向かう自分と苦痛を知る妻の姿を、冷静な筆致で描いた最後のルポルタージュである。

ガンと闘った小説家の三浦綾子は、「死」について思いを深めることが、私には「生」を深めることになる、として『北国日記』（主婦の友社）にこう書いている。

〈最後であろうとなかろうと、今のこのひと時は、とにかく恵みの時なのだ。今日健在でも、一年後には、この世には影も形もなくなる人が何万もいる筈《はず》だ。癌だけで死ぬわけではない。思いはまたそこに帰る〉

東京新聞出身の国際ジャーナリスト・千葉敦子《あつこ》は、三度目の再発で声を喪った後、『「死への準備」日記』（文春文庫）を書いた。その日記のなかで、千葉は「人生に求めたものは」という詩を残している。

〈新聞記者になりたいと思った　新聞記者になった　経済記事を日本語で書いた　経済記事を英語で書いた　ニュースを書いた　コラムを書いた
世界を旅したいと思った　世界を旅した　プラハで恋をした　パリで恋を失った　リスボンでファドを聞いた　カルグリで金鉱の中を歩いた
本を書きたいと思った　本を書いた　若い女性のために書いた　病んでいる人のために書いた　笑いながら書いた　歯をくいしばって書いた
ニューヨークに住みたいと思った　ニューヨークに住んだ　毎晩劇場に通った　毎日曜日祭りを見て歩いた　作家や演出家や画家に会った　明白な説明を受けて癌と闘った
私が人生に求めたものは　みな得られたのだ　いつこの世を去ろうとも　悔いはひとつもないひとつも〉

3

一方の郡司は「明白な説明を受けて」、後者の道を選び、旅立ちの準備を少しずつすませていた。

母親を看取ると、姉妹でその葬儀を済ませ、流氷の街・紋別市で念願の「ガリンコ号」に二人で乗った。流氷を砕いて進む船の上で寒風に吹かれてみたかったのだ。それから、クルーズ船に乗り、モトヤマ——元山一證券社員は自分たちをこう呼ぶのである——たちと韓国やロシアに行ったり、一人でカンボジアのアンコールワット遺跡を見に行ったりもした。その後、母親の一周忌の法事を予約し、遺書を書き、銀行預金や投資信託を解約して一つにまとめた。

最後に長澤や菊野、モトヤマの女友達に会ったのだった。

葬儀から約十日後、長澤は菊野の待つ「ちょっぷく」に行った。店は口開けだったから他には客はいなかった。

「それじゃ、改めてグンの御霊に献杯！」

菊野が小さな声を上げると、長澤があの四枚のチケットを取り出した。

「『これでみんな飲んで』ということでしょう。だから今日はここで飲むのがいいかと思いましてね」

「病気のことは、言わなかったな」

郡司は妹に釘をさしていたのだ。

「教えられたって、友達が困るだけだから。何と言っていいかわからないでしょう。だから黙っていて」と言ったのだという。

「ここで去年の九月に、三人で飲んだのが最後になりましたね。痩せていたけど、病気なんて全然、感じさせなかった」

「親しいから言わなかったんだろう」

自分をも慰めるように菊野は話を引き取って、カキフライをつつき、焼酎の水割りをぐいと飲んで、沈黙があった。

しばらくして話題は、彼女が言っていた「三つの人生」の話に移った。山一の経営破綻後、彼女は不動産会社を経て、菊野と長澤が転職していた勧角《かんかく》証券（現・みずほ証券）に引っ張られた。年収は二割ダウンしたうえ、法務室調査役に配属されると、「あんたはここに何をしに来たのか」と社員に言われている。その直前に勧角証券はリストラを実施しており、その後に雇われてきた元山一社員に怒りをぶつけたのだ。

ちょっぷくのチケット

それに、初めての席を女性が占めるときには、差別や蔑視と闘わなければならない時代でもあった。前述の千葉敦子も、〈一つ一つ砦《とりで》を崩し、差別的な発言にはいちいち文句を唱え、若い女性たちを励ます……ということをやってきた〉と書いている。

その砦を、彼女は資格を取得して働きなが

ら乗り越えていった。内部管理責任者の資格に始まって、外務員資格、法学検定、保険、年金、変額保険の販売資格、ファイナンシャル・プランナー資格と、思い出せないほど多くの資格を取り、六年後には女性初の検査役に就いて臨店検査に乗り込んでいた。

そのころ、勧角証券取締役法務室長だった長澤は、「女のくせに、と小馬鹿にされながら、よくやりましたよ。そのうちに、ベテランの社員が感心して色々教えてくれるようになりましたね」と言い、検査部長だった鈴木貞男はこう証言する。

「女性のロッカーとか、女性しか検査できないようなところがあって、女性の検査役を探していたんです。証券取引等監視委員会の要請を受けて、証券会社の内部検査が厳しい摘発型に方向を変えた時期で、検査を受ける側からすれば喜ぶところはないですよね。そこへはっきりものをいう彼女たちがやってきて、てきぱきやっていました。物おじしなかったです」

しかし、彼女は自分を奮い立たせるために、心の中で「Yes, I can.」とつぶやいていた。バラク・オバマが二〇〇八年の米大統領選挙で、「Yes, we can.」と使うより三十年も前に、英会話教室に通って覚えた言葉だ。再就職先では、前の会社の誇りやルールを捨てて、能力を発揮できるように自己啓発を常に心がけるしかない、と考えていたという。それは彼女にとって、退くことのできない二つ目の人生なのだった。

そこで九年働き、五十八歳になったとき、認知症になった母親のために早期退職して介護の道を選んだ。「私は三つの人生を生きた」と言っていたのはその後である。有志とともに破綻の原因を突き止め、転職先で女性のさきがけとして法務室調査役や検査役に就き、残る人生は介護に捧げた、というわけだ。亡くなる二年前、こんな趣旨の手紙を私に寄こしていた。

〈子育てをしなかった私は親育てをしている。第一、第二の会社生活を支えてくれた母が子供に帰っているからだ。要介護度も上がり目が離せない状況が続いているが、現実を受け止め、私なりに母との生活をエンジョイしていくつもりだ〉

その三つ目の人生も母親を看取ったことで終わった。あとには終末の闘病と、死への計画が残ったのだろう。その多くをきちんとやり遂げ、あることを妹に託した。

それはつましい生活の末に残った財産を、京都大学のｉＰＳ細胞研究基金に寄付してほしいということだった。

山一が破綻して蓄えの大半を失った後、彼女は暮らしの中から少しずつ運用し、貯めてきた。その資金は、最後に家一軒が買えるほどになっていた。それを研究所に送り、残る一部を日本ユニセフ協会にも寄付して、と遺言にはあった。

京都市左京区にある、ｉＰＳ細胞研究所の外壁やギャラリーには、寄付者の名前が掲示されている。そこに郡司の名前は刻まれ、四つ目の生を得た。天国から「急げ！　ｉＰＳ」と彼女は声をかけているのだろう。

「澄んだ生き方でしたね」

「ちょっぷく」で献杯を捧げたとき、しみじみと郡司の思い出話に浸っていた長澤は、彼女の死から約二か月後に急死した。布団の中で眠りながら逝ったのだという。妹分の郡司を失い、僕も早く妻のところに行きたい、と漏らしていたが、夢のなかで再会したのだろうか。

彼は全共闘世代で、大学時代に流行った任俠映画と高倉健が大好きだった。理不尽な暴力に耐えに耐え、最後に悪党を叩き斬る外れ者の姿に憧れるのだ、と言っていた。

その葬儀はさっぱりとしたもので、彼にふさわしいように思えた。私はその片隅で、山一崩壊後に、長澤が社内調査委員会の事務局長を引き受けた姿を思い浮かべた。破綻した会社に踏みとどまるのはひどく損なことに思えたが、彼はそのときの仲間たちにこんなことを話していた。

「恥ずかしながら、破綻の時まで自分の生き様や在り様に正面から向き合ったことがありませんでした。自分はこの時のためにいたんだな、と思いました」

そうか、あれはサラリーマンの任俠道のようなものだったのだろうな。長澤もまた耐えに耐えて、腐った会社やその時代に立ち向かったのだ、と私は改めて思った。

第十四話

激情室長の回り道
「日本人を動かすのはGNN、義理と人情と浪花節だ」

1

辿り着いたマンションのドアを開いた途端に、東南アジアの街角のねっとりと甘辛い匂いがした。小寺芳朗《こでらよしお》が二年間駐在したジャカルタの懐かしいスパイスの香りだった。

ここは都心から約三十キロ、千葉県の幕張本郷駅に近いベッドタウンである。小寺はうまいものがあると聞けば、どこまでも行くのである。だが、寒空を仰ぎつつ、休日にやってきたのには、理由があった。

「うちに食事に来ないか」と、日本アジアハラール協会の理事であるサイード・アクターに誘われたのだった。

「妻のナシゴレンはピカイチだぞ。ただの焼き飯じゃないよ。僕はパキスタン人だけど、女房はインドネシア人だからね」

小寺は長期保存食を製造販売する「尾西《おにし》食品」の社長だった。災害時の非常食を主力としている。社員百二十人の小さな会社だが、彼らには夢があった。世界人口の四分の一を占めるイスラム教徒向けに保存食品を作れないか、と考えているのだ。二〇一六年のリオ五輪の開催が夏に迫っている。彼はこう夢想していた。

――次の東京オリンピックが開催されれば、多くの信徒が来日するだろう。チャンスがあるとしたら、いまじゃないか。

それで、イスラム教徒も食べられる新たなハラル対応食品の手掛かりが欲しくて歩き回っている。一方のサイードは、日本で少しでも多くの食品にハラル認証を取得してもらおうと、奔走していた。

風の音を聞きながら食べるナシゴレンはうまかった。

パラリと炒めた長粒米の甘辛が絶妙で、華やかな香辛料が飯にふくらみを与えている。別の大皿に盛られたビリヤニもミントやスパイスが効いていて、鼻孔をくすぐった。これは、松茸ご飯やパエリアと並ぶ、世界三大炊き込みご飯の一つである。

部下三人と平らげたところで、サイードが言った。

「君たちの製品だけど、なかなか画期的じゃないか」

尾西食品が開発した「アルファ米」は、炊き立てご飯の風味を損なわないように急速乾燥させた自慢の品で、お湯を注いで十五分、水でも一時間待てば、不思議なほどふんわりとしたご飯が出来上がる。

サイードは続けた。

「メッカの巡礼食に、こういうのがあると助かるね」

おっ、と小寺は思った。

ハッジと呼ばれる大巡礼には、世界中から二百万人以上のイスラム教徒がサウジアラビアに集結する。この大巡礼は一生に一度、信徒が果たすべき義務であり、一週間をかけて聖地メッカを目指す。その大巡礼のためにメッカ郊外のミナには十万以上のテントが延々と張り巡らされている。白いテントが海のように波打つ光景は壮観としか言いようがない。

問題は食事である。テントの中で火を使うわけにはいかないのである。もし、湯や水で戻せる「巡礼食」があれば、とても便利だ。その点、アルファ米は保存期間が五年間もあり、気温が五十度を超えることもあるサウジアラビアでも傷みにくい。

小寺芳朗さん

――よし、俺たちで作ってみよう。
そう思った小寺に、サイードが微笑んだ。
「妻の味に近づけることができれば、通用するよ」
それから二年間、小寺は開発室の社員たちと本場の味を求めた。まず、ジャカルタやクアラルンプール、バンコクのスーパーで、ナシゴレン、ビリヤニ、タイ風焼き飯「ガパオライス」の素と調味料を片っ端から買い集める。それを繰り返し調理し、列車の弁当を買い、大衆食堂を食べ歩いた。

さらに、現地で展示会を開き、現地の商品を参考にした試作品と、味を変えた数種類の試作品をローカルの人たちに食べてもらった。日本在住のインドネシア人やタイ人にも協力を求め、評価を聞いた。

「これは本場のものと少し風味が違うね。クミンが足りないんじゃないか」

「もっとローカルの味を出せないか」

そんな声を受け入れ、改良を重ねてわかったことがある。どんなに香辛料を使ってもスパイシーというだけでは支持が得られないのだ。辛味（pedas）と甘味（manis）を絡ませ、その配合割合を微妙に変えるしかないのである。

これなら、という味に辿り着いたとき、「まだまだ」と言い続けたサイードが、「うーん、勉強したね」と声を漏らした。

試行錯誤した保存食を抱えて、サウジアラビアに乗り込んだのは、二〇一八年十一月のことである。首都リヤドに次ぐ砂漠の大都市ジェッダでは、食品見本市が開かれていた。日本企業から売り込みに行ったのは、無名の「Onisi」だけだった。雲をつかむような思いで、三十平方メートルのブースに、ナシゴレンとビリヤニ、ガパオライスのパックと試食品を並べると、人垣ができた。

はるばるここまでやってきた甲斐がある、という思いがこみ上げてきた。喉の渇きを覚えながら、小寺は広大な会場の一角で、深田祐介が書いた『炎熱商人』を思い出した。駐在員時代に愛読した小説である。

──主人公の一人も小寺といったな。舞台は違うけれども、俺もようやく本物の商人になったんだ。

六十三歳になっていた。異国の言葉に包まれながら、自分を商売人として自立させてくれた長い二十年を振り返った。

一九九八年十月、小寺は銀行の敗戦処理の現場に投げ込まれていた。

彼は経営破綻した名門「日本長期信用銀行」──通称「長銀」で金融商品開発部参事役として働いていた。経営危機が報じられ、政府主導の救済合併が検討されると、上司に呼ばれる。

「君、行ってくれないか。広報室長なんだが」

広報室長が退職するので、その後がまに座ってくれ、というのである。唐突なのに、素っ気ない言葉なので、「えっ、なんで？」と絶句してしまった。

長銀はＧＨＱ（連合国軍最高司令官総司令部）の占領が終わった一九五二年に、企業、とりわけ重厚長大産業に長期資金を供給する投資専門銀行として誕生した。

その巨大銀行の蹉跌は、長銀の一期入行組を中心とするトップエリートたちが、「南太平洋のリゾート王」と呼ばれた高橋治則の「イ・アイ・イ」グループに過剰融資を続けたのが始まりで、その巨額の不良債権を「飛ばし」という手法で隠していた。

それが覆い隠せないところまで来て、千七百六十六億円の公的資金が注入され、救済合併工作が失敗すると、長銀は特別公的管理銀行として一時国有化されてしまった。社員たちは雪崩を打って再就職へと走っている。

その修羅場での広報室長内示だった。たぶん別の社員たちに打診して、断られたあげく、彼に白羽の矢が立ったのだろう。小寺は四年間、慶応大学端艇《たんてい》部で、毎年三百日の合宿生活を送った偉丈夫である。三年生のころには、全日本大学選手権で優勝した体育会系の硬派だった。

それにしても、貧乏くじの人事であることは明らかだった。小寺は過剰融資や広報業務とは関わりがない。それなのに、粉飾疑惑に包まれた銀行の広報室長としてマスコミの矢面に立たされるのだ。引き受ければ、社会、経済両部の記者から追い回され、銀行身売りなどすべての処理が終わるまで辞められない。再就職活動もままならないのだ。

――沈む船のマストに縛り付けられるんだな。

そう思ったものの、二十年間、この銀行で育てられたという気持ちもあった。彼が若かったころにはまだ、「堅気」という言葉が生きていて、堅い人というだけで価値を持ち、堅く生きることが尊ばれていた。その堅気の象徴が銀行員や生損保の社員であり、役人だった。小寺にはそうした堅気の尊さを長銀に重ねるところがあり、好きだったこの会社を見送りたいと思った。

「広報室長を引き受けるよ」

帰宅して、妻の智子《ともこ》に告げたら、

「そう、いいんじゃない」

と応えた。それで決まりだった。彼女には気持ちが通じているようだった。彼が座右の書とする旧海軍兵学校の「兵科次室士官心得」にも、次のような言葉があった。

〈「率先躬行《きゆうこう》」部下を率い、次室士官は部下の模範たることが必要だ。物事をなすにもつねに衆に先じ、難事と見ば、真っ先にこれに当たり、けっして人後におくれざる覚悟あるべし〉

「次室士官心得」は、戦前に起草された海軍若手士官（将校）に対する教えである。彼の父親は元海軍中尉で、南方で戦った後、「日本火災海上保険（現・損害保険ジャパン）」で働き、館山、千葉、浦和、熊谷、盛岡、高松、東京と家族を連れて転々と異動した。岳父は航空自衛隊幹部だったが、小寺自身が右寄り、軍人好きというわけではない。会社消滅の土壇場で、「次室士官心得」の説く清廉な男として生きたかったのだ。

毎日のように証券会社や銀行がつぶれ、日本経済が金融不安に覆われていた。そのとき、膨大な残務整理を背負って、崩壊した会社に踏みとどまる人たちがいた。第十三話で紹介したが、前年の十一月に破綻した山一證券では、役員までが離職する中、山一の破綻原因を追及し、清算業務を果たすために一握りの人々が働き続けている。一時は無給の役員もいた。彼らの多くはそれまで目立たない部署で仕事をしてきた社員たちで、敗走する社員たちの楯となって、最後の仕事を続けたから、「後軍《しんがり》」と呼ばれた。

その一人、山一證券清算業務センター長だった菊野晋次はこう述懐する。

「自分の母親の介護だったらどうですかな。損か得かはあまり考えず、子供達の誰かがやるでしょう。どの会社も最後は誰かが看取ってきたんじゃ。どんなサラリーマンにもそんな気持ちは眠っているんですね」

小寺もまた、長銀を看取る「しんがり兵」の一人だった。彼の存在と個性を、記者たちがはっきりと認めたのは、広報室長に就任してから約七か月が過ぎたころだった。

彼は長銀のロビーで数十人の報道陣に囲まれた。長銀の元副頭取・上原隆が東京地検特捜部の捜査のさなかに自殺したのである。上原は決算を統括する責任感の強い人物で、旧経営陣の証券取引法違反疑惑を追及する特捜部から参考人として事情を聴かれていた。

長銀の広報室長時代

なぜ、元副頭取が死ななければならなかったのか。それ以前にも、その後も、特捜部の捜査のたびに何人もの犠牲者が出た（しかも、この疑惑は三人の旧経営陣が起訴された後、全員が無罪に終わるのである）。

上原の訃報をめぐって、エレベーターで降りてきた小寺は、テレビライトとカメラのフラッシュを浴びながら、頭取のコメントを代読した。その途中で突然、言葉に詰まって視線が宙を泳いだ。記者たちが大柄な小寺を見上げる。その目から涙がこぼれていた。「堅気」だったはずの銀行が辱められ、犠牲者まで出た。その口惜しさにこみ上げてくるものがあったのだろう。

すれっからしの社会部記者の中には、「銀行にもなかなか役者がいるなあ」と漏らした者もいたが、小寺は「激情室長」として知られるようになった。長銀ではその十一日後にも大阪支店長が「疲れた」という遺書を残して自殺している。追及される者、転職者、そして残された行員にも、試練の日々だったのである。

2

小寺が身売り交渉を見届け、長銀を去ったのは二〇〇〇年二月末のことである。すでに長銀は米リップルウッド社などから成る投資組合にたった十億円で売却され、翌三月から一時国有化のくびきから解き放たれて、一千三百人減員の二千二百人で再出発することになっていた。

一九七五年より前に入行した幹部たちは整理対象である。小寺は七八年入行だから、「新生銀行」の新たな看板の下に居残ることも可能だった。一方では金融界に人脈を広げていたので、先輩らとともに東京海上火災保険やトヨタ自動車、ＮＴＴドコモ、外資系などのような大手企業に転じることもできた。

日本興業銀行（現・みずほ銀行）から来ていた副頭取が、「やり直したいという者がいれば、俺は連れて帰るぞ」と言ってくれていた。副頭取の男気に触れた五十人近くが興銀に転職し、小寺も「うちで働くと言ってくれよ」と誘われていた。だが、彼は行かなかった。

「後輩たちを残して行く、というのができないんですよ」

という言葉が相手に通じたかどうか。「次室士官心得」にはこんな一節もあるのだ。

〈功は部下に譲り、部下の過ちは自ら負う〉

妻に事後報告をすると、「うん、断るのね」とだけ言った。そのとき、小寺は四十四歳。長女は大学生で長男は高校生だった。彼は少しずつ長銀株を買い増ししており、一時は一千万円相当もあったが、それは紙屑と化していた。蓄えがないから、早く再就職してほしかったのだろうが、妻はじっと見守っていた。

新生銀行には「私は Yellow monkey にはなりません」と啖呵を切っていたので、古巣に残留する道もなかった。サラリーマンなら「この人のためならひと肌脱いでやろう」と思える人に仕えたい。だが、投資ファンドから長銀に乗り込んできた外国人幹部は、日本人社員に対する敬意に欠けていた。机に足を投げ出し、小寺たちの報告を聞いていた。

——こんなやつらのために誰が働いてやるか。ここに長くいちゃいかん。

そんな気持ちを秘めて去った者は多い、と小寺は思う。これはミサワホーム社長だった三澤千代治に教えてもらった言葉だが、経済を動かすのはＧＮＰであっても、日本人を動かすのはＧＮＮなのだ。つまり、義理と人情と浪花節である。

退職から二か月後、中堅の不動産開発会社「モリモト」に取締役総務部長として入社した。かつての取引先で、社長に「株式上場を手伝ってくれ」と頭を下げられたことを意気に感じたのだ。これは浪花節を地で行ったのだ。彼はまだそれが回り道の始まりだということを知らなかった。上場の道筋をつけたところで、今度は鳥取にある「用瀬《もちがせ》電機」に経営企画部長として呼ばれた。これは義理と人情で、地方企業の再建に挑戦してみよう、と思ったのである。現地で車が必要となるため、東京から鳥取まで六百六十キロを走破した。助手席には妻が乗っていたが、引越しが終わると、「頑張ってね」という言葉を残して子供の待つ東京に戻った。相変わらず、それ以上は言わなかった。ありがたかった。

小寺は学生時代から母親を驚かせたり、泣かせたりしてきた。高松第一高校時代には、下宿で飲酒事件を起こして事実上の放校処分を受けている。中間試験の打ち上げで、友人たちとサントリーレッドを二本空け、二日酔いで登校したのである。「高松一高の名折れだ。出て行け」と教師に怒鳴られ、悄然と親の待つ東京の都立目黒高校に転校したのだが、そこに智子がいた。苦しいときに、いつも彼女がいた。

彼女は結婚のためにニコライ堂（東京復活大聖堂）に一年間通って、浄土真宗からハリストス正教に宗旨替えをしてくれた。小寺よりも熱心な正教徒となって、拝観奉仕を欠かさず、正教会からも頼りにされている。我慢強いのはそのせいだろうか。

だが、回り道はまだ続く。鳥取の単身赴任生活に慣れたころ、消費者金融を担当した元同僚から「東京に戻ってきてはどうか」とアコムを紹介されたのである。アコムが海外展開をしようとした時期だった。彼はインドネシアやベルギーに駐在経験があり、その経験を買われたのだ。

海外事業開発部長に就いて彼が目指したのは、インドネシアの消費者金融である。だが、現地では銀行業でなければ免許が下りない。やむを得ず、三菱UFJフィナンシャル・グループと共同で地元中堅銀行の買収を計画したのだが、「世の中の空気が全く読めていない」という金融庁と、三菱の一人の役員にいじめられた。

銀行の多くの人々は応援してくれたのだが、その役員の心の中には「消費者金融ごときが生意気なことをするな」という気持ちがあったのだと小寺は思う。

事あるごとに呼びつけられ、「これは聞いてない」と叱られたと思えば、「俺は知らないよ」と突き放される。「お前のところの残高をもっと積み上げろ」と難題を押し付けられ、顎でこき使われる。それが一年ほど続いた。そんな金融界の陰湿ないじめは、ドラマ「半沢直樹」にも描かれている。小寺は執行役員にまで昇格したが、自分たちの世界にすっかり嫌気がさしてきたころに、電話がかかってきた。

亀田製菓社長（現・CEO兼会長）の田中通泰《みちやす》からだった。亀田製菓は「ハッピーターン」や「柿の種」で知られる老舗だが、田中は長銀からこの〝あられ屋〟に転職して、ブランド力の強化やコスト削減策を打ち出していた。同時期に小寺とインドネシアに駐在した先輩でもある。

「実業の世界は敵も多いが面白いぞ。手伝ってくれ」と田中は言って、こう付け加えた。

「元の仲間だから誘っているんじゃないぞ。もっと働くんだ」

それが二〇〇九年。五十四歳で五つ目の職場だった。それから五年後に亀田製菓の子会社である尾西食品に出向し、還暦過ぎて「メッカの巡礼食」の開発に乗り出したというわけだ。

小寺の自慢は、社員とともに尾西食品の売り上げを一・六倍に伸ばしたことで、肝心の巡礼食も二〇一九年に、五百キロのアルファ米を現地に納入した。その後、コロナ禍のために商談が中断しているが、面白い出会いもあった。現地でアシム・ラシュワンと名乗るエジプト人に声をかけた。

「君はどこかで見たことある顔だな」

「兄貴のことを言ってるのかな」

「あっ、あのラシュワンの弟か！」

モハメド・アリ・ラシュワンは、払腰を得意技とするエジプト出身の柔道家で、一九八四年のロスオリンピック男子無差別級決勝で、山下泰裕が対戦をした相手である。横四方固で敗れて銀メダルに終わったが、山下が負傷をしていた右足を攻めなかったことで、国際フェアプレー賞を受賞した。

「前職での経験は、必ず転職先でも生きる」と小寺は信じている。砂漠の地でも、人脈は培うことができる。それは宝物だ。破綻はしたが、長銀のしんがり兵を務め、転職を繰り返さなければ多くの縁に恵まれることはなかった。

二〇二〇年六月、小寺は亀田製菓の副社長に就任した。回り道だったが、人生の帳じりは合っているような気がする。妻にそれを伝えると、いつもの明るい調子で答えた。

「アラッ、そう。まだ頑張んなきゃね」

妻とは高校時代にノートの貸し借りをしていた。井の頭線渋谷駅の改札口で、ノートを返そうと待ち受けていた姿は忘れられない。ショートカットにミニスカートで、「コデラくーん」と声をかけてくれた。

「次室士官心得」は小寺の大事な指針だが、自分を支えているのはたぶん、妻の朗らかな声だ。

第十五話　思うはあなたのことばかり「サラリーマンはやめた」

1

妹尾《せのお》敬治は六十五歳、近畿地方の家事調停委員を務める人である。五年前に整理回収機構をめぐる取材で知り合ったが、そのころは「糖尿病を治療中の浪人」などと語っていたので、その後に調停委員に選ばれたと聞いて、意外な感じに打たれた。

彼は毎月十五日ほど裁判所に登庁し、「家族法」を中心に、離婚やそれにまつわる親権、養育費、婚姻費用、財産分与、遺産分割といった案件に携わっている。この三年間に関与した調停は百四十件に上ったという。

外連味《けれんみ》のない人柄だし、岡山大学法文学部（現・法学部）法学科出身で専門的知識も深い。勤めた銀行が二度破綻した末に、整理回収機構で苦労した過去も選任された理由なのだろう。

だが、彼ほど組織のなかでぶつかった人を、私は知らない。

――先のことを考えずに、あんなに筋を押し通した男でも調停委員が務まるんだ。

私は単純にそう思った。どこか嬉しかったのだ。
もう一つ彼について驚いたのは、五十五歳の誕生日に、暖かそうな上下の服とともに、妻の節子から次のようなカードをもらったと聞いたことである。
彼女は高校の同級生だ。
〈今日もまた
思うは
あなたの　ことばかり〉
人生の折り返しを過ぎて、妻からこんなラブレターをもらい、それを堂々と語れる男がどれほどいるだろうか。
妹尾はそれを大事に取っている。

彼が務める調停委員は非常勤の公務員である。だが、彼の会社人生は、皮肉にも公務員にはなるまい、と決めたところから始まっている。
実家は岡山県北の落合町（現・真庭市）の農家だ。両親は長男に続き二男の彼まで、苦労して大学に進ませてくれた。それで彼はきちんとした職に就こうと考え、親の勧める公務員の採用試験を受けようとした。ところが、役所で職員がカーディガンを羽織って、サンダルをペタペタと鳴らして歩くのを見た。だらりとした空気である。

親から「背筋を伸ばして生きろ」と教えられている。他人に恥じることがないように、何事にも、誰に対しても堂々と接して、後ろめたいことのないように、と。

――この世界にはなじめないな。

そう思ってあきらめ、大学のＯＢがいた兵庫相互銀行の採用試験を受けた。面接のみで内定をもらった。会社のパンフレットには「業界二位」の文字が躍っている。

――あの住友銀行よりも大きいのか！

その二位とは「相互銀行で二位」という意味であることを後に知った。金融界を知らなかったのである。

入行すると間もなく、上司に噛みついた。大阪の枚方《ひらかた》支店に配属され、慣れないところに仕事が重なり、残業が続いた夜のことである。支店の次長が声をかけてきた。

妹尾敬治さんと妻の節子さん

「妹尾君、残業代が儲かっていいな」

そんな言い方があるか、と彼はカッとなった。

「私は残業代目当てで、仕事なんかしていません」

そう言い放つやいなや、自分の財布から残業代に相当する額を引き抜いて、突き出した。

「受け取ってください！　残業代なんかいりません」

次長は激怒したが妹尾も引かず、口論になった。そして、とうとう彼は紙幣を破って叩きつけた。

幸いなことに、その次長の人間の器は大きかった。新入社員の非礼を許しただけでなく、後に支店長となって戻ってくると、妹尾を高く評価してくれた。生真面目さも銀行員には必要な資質だと思ったのだろう。

働かなければいけない、というだけで就職をした銀行が、少し好きになった。何になりたいという気持もなく入った道だ。だが、物事はひたすらやっているうちに意欲が湧くことがある。

入社三年目に結婚をし、三人の娘に恵まれる。新たな働く意味を見つけ、三十歳で国際企画部に配属され、ロンドン研修を命じられた。

「外国証券やシンジケートローンに取り組むから、研修に行って来い」

語学はできない。パスポートもなかったが、すぐに用意をしろと告げられた。

半年間の研修を終えて帰国し、証券部、財務企画部などを転々とした。

そこまでは背に順風を受けていた。

そのころの日本経済には、一九八五年九月のプラザ合意に続く低金利政策で、後に「バブル」と呼ばれる空前の好景気が巻き起こっていた。地価急騰を見て取った銀行や住宅金融専門会社(住専)はあらゆるところで融資競争を演じ、業者に転売用不動産の仕入れ資金まで融資していた。

妹尾の銀行も例外ではなかった。普通銀行に転換し、兵庫銀行と商号変更した八九年ごろ、すでに「大口先に貸し込み過ぎているのではないか」という懸念が社内外にあったのである。だが、バブルと融資先との長い間のしがらみがあり、しかもここがデッドラインだというところがはっきりしない。五十億円を貸している企業から、「明日の運転資金に五億円貸してくれ。そうでなければつぶれる」と求められれば、ずるずると貸してしまうのだ。

「当時は、クレジットライン（融資先に与える最高限度額）の明確な基準もなかった」

と妹尾は言う。

一九九〇年一月、株価が暴落した。後知恵でいろいろ解説する学者や評論家はいるが、誰も予想していなかったのである。それを裏付ける元官僚たちの証言が、『日本経済の記録　時代証言集』（松島茂、竹中治堅編）に残っている。

八八年二月ごろ大蔵省主計局次長だった寺村信行（のちに銀行局長から国税庁長官）は、野村證券社長の田淵義久に会った。プラザ合意のころに比べ、株価は二万五千七百円と二倍になっていた。

「ちょっと株価が上がりすぎていませんか。暴落の恐れはありませんか」

すると、田淵はこう答えた。

「株価の動向が分かるくらいなら、証券会社の社長などやっていません。自分で株をやっていますよ」

それから一年十か月をかけて株価は三万八千九百十五円まで上り続け、その後に暴落した。

「つくづく先のことは誰にも分からない」。寺村はそう納得した、と語っている。

その彼が大蔵省銀行局長に就き、バブル処理に追われるのはそれから二年五か月後のことである。引継ぎ資料の冒頭に「銀行局は、今や火事場になった」という前銀行局長のメモがあり、寺村はその言葉を胸に刻んで就任挨拶に回るが、〝火中〟の金融界トップたちはこのとき、一様に悲観的であった。彼は六十五年前の昭和金融恐慌を思い浮かべるようになっていった。

株価に続いて地価も急落する。経済白書までもバブル崩壊と円高の後遺症を懸念するなかで、一九九五年一月十七日、関西地方を阪神・淡路大震災が襲った。

妹尾が関連事業部次長を務めていた兵庫銀行は、巨額の不良債権を抱えていた。彼は「関連ノンバンク二十社の再建を模索しろ」という指示を受け、融資と担保物件の洗い出しを始めたばかりだった。

ところが、震災のために銀行本体の担保物件も傷み、ノンバンク再建どころか、兵庫銀行自体が窮地に陥った。それ以前から資金繰りは逼迫していたのである。妹尾は銀行が自転車操業に陥るのを目の当たりにした。

「オーバーナイト」という資金調達の手段がある。翌日返済の意である。今日借りたものを、翌日中に市場から調達して返さなければならない。その額が二千億円にも達していた。兵庫銀行にも信用不安説が流れ、長期の借り入れができなかった。

――明日は調達ができるだろうか。

眠れない日々が続いた。

兵庫銀行は九三年に大蔵省から元銀行局長の吉田正輝を頭取に迎えて再建に乗り出していたが、バブルの怪人たちが跋扈する金融の現場は甘くはなかった。

「浪速の借金王」と呼ばれた末野興産の末野謙一が、大阪の木津信用組合に預けていた五百六十六億円の資金を一斉に引きあげた、という噂が流れる。すると、大蔵省、日銀、大阪府は九五年八月末、兵庫銀行の清算と、信用組合で日本一の預金量を誇る木津信組の業務停止命令を同時に発表した。銀行では戦後初の経営破綻である。

「実のところは、震災がなくても破綻の日は来たんです。むしろ、震災に見舞われたことで兵庫銀行破綻の大義名分が立った」と妹尾は語る。

破綻の翌年、銀行は看板を「みどり銀行」に変え、「復興に尽くす銀行」として再スタートを切った。ところが、再出発からわずか三年三か月後に、そのみどり銀行も経営危機を迎え、阪神銀行に救済合併される。兵庫銀行から引き継いだ千七百八十五億円もの損失が大きな重荷だったのである。そのうえ、地元経済は震災で疲弊し、不良債権は膨らむ一方だった。

その〝後退戦〟のさなかに、妹尾の心の固い芯のようなものが露わになる。

彼は総合企画部副部長として、阪神銀行との合併準備に駆り出された。最大の問題は、根強い合併反対論のなかで、二千人を超す行員の中から八百人を削減することである。

阪神銀行と足並みを揃えるためだった。ところが、二行のシステム統合にあたって、カネをかけてきたみどり銀行のシステムの方が進んでいるのに、吸収をする阪神銀行側のシステムに合わせることになった。それでいて、みどり行員の年収は阪神行員と比べて数十万円も少なくなることがわかり、不満が噴出した。

「持参金を持って行くのに、なぜ言いなりにならないといけないんだ」

妹尾も矢面に立った。「役員の椅子を用意されて銀行を売った」と言われたのだった。腹が立った。そして悲しかった。

――八百人を削減しても、千二百人が生き残れる。存続させる方が正しいやないか。

そのとき、妹尾は退職しようと決めた。

彼は銀行が大好きだった。カネをかけて育ててもらったという意識がある。「自分の会社だからね」とぽろりと漏らして、そばにいた節子に「別にあなたの銀行ではないでしょう」と笑われたこともある。

だが、そこはもう、自分たちの銀行ではない。

役員は一斉に退任するため、先輩から「お前は残ってみどり行員を守れ」と説得されたり、「妹尾さんについて行こうと決めていたのに」と言ってくれたりする後輩もいたが、私欲で人員整理をしているわけではないことを、同僚や自分自身に示したいと思った。

2

そして、みどり銀行から譲渡された不良債権を処理する「整理回収銀行」の神戸支店調査役として移る。日銀や民間金融機関が設立した公的金融機関である。妹尾はただの一兵卒だが、そこで自分たちが融資した取引先を見守りたいという気持ちもあった。

その入社から八日後、整理回収銀行は、住専の債権回収を急ぐ国策会社「住宅金融債権管理機構」に吸収合併され、「整理回収機構」に統合された。だから、彼は四つ目の会社に移ったことになる。社長は、政官界から日本中の不良債権回収を託された弁護士の中坊公平（故人）である。

妹尾は四十三歳になっていた。雇用は一年更新の嘱託契約で、原則として最長五年と告げられている。

――サラリーマンはやめたのだ。自分を曲げたり、給料のために無批判で仕事を受け入れたりすることもやめよう。

そう思って、節子に「これからどうなるかは分からない。でも何とかなるよ」と告げた。「はい」という答えがあったのだろう。はっきりしているのは、彼女が不満や不安らしい言葉を口にしなかったことだ。

節子はパートで勤めていた介護職をフルタイムに切り替えて、地域の介護の中核になる支援センターの責任者に就いた。三人の娘は中学生と高校生になっていたが、妹尾は遅くまで仕事をして飯を食って帰る生活が続いたから、苦労しているのはわかっていただろう。

整理回収機構は〝寄せ集め〟の集団であった。初めに住専が破綻し、それから金融機関が一つ破綻するたびに、不良債権とともに破綻金融機関の職員が回収役としてやってくる。その姿を将棋の駒に喩えた元役員もいる。

「まるで将棋のような会社なんだよ。将棋は相手から取った駒を使って攻めるでしょう。潰れた金融機関の人を期限付きで採用して、不動産業者などからカネを取り立てさせる。上に立つ大蔵省や検察、警察幹部など一部の人は別として、入社した実働の社員は、会社が倒産したことで雇われる身になった人だ。いわば取られた駒なんだよ」

彼は回収機構の神戸支店で、「平成の鬼平」の異名を取った中坊の姿を見た。中坊の視察は「社長臨店」と呼ばれ、支店幹部には胃が痛くなるような行事だった。要領を得ない説明をすると、烈火のように怒り出した。

「そんな生ぬるい対応じゃあかん！　借りた金は返せ、と必死に追い求めなければ、国民にさらなる負担をかけることになるんや」

面罵された支店長は、エレベーターを降りた途端に倒れてしまった。中坊は自分たちに正義の御旗があると信じていた。

――中坊さんは遠くで見るのはいいけど、近づくのは大変しんどい人や。

借り手を「お客様ではない、債務者と呼べ」と強く指示したのも中坊である。だが、元銀行員としては、「お客様」から「債務者」へと、手のひら返しはなかなかできなかったのである。

すべてに正直でありたい。そう考えた妹尾は、上司や本社の命令に何度も抵抗した。回収機構神戸支店で班長に就いた後のことである。支店長のさらに上にいる事業部長ともぶつかった。ある日、支店長に呼ばれた。

「今日からそこの彼が班長だから」

妹尾は班長を解かれたのだ。席も隅の方に移動させられた。説明はなかったが、東京本社からの指示だろうと思った。

東京は建前と理屈で通っているが、関西の債務者は一筋縄ではいかない。

「なんぼ返せばええねん」

まず金額の交渉をしてくる。話がまとまった後にも、「まけてくれ」とねぎる。この地では理屈だけでは通らない。そんな説明が東京本社には理解してもらえなかったのだろう、と思った。

降格人事を受けて、ぼんやりと考えた。

――必要とされないなら、辞めてもいいのかな。

だが、降格は三か月ほどで解かれ、東京へ異動を命じられる。単身赴任である。当時の整理回収機構は、大口や悪質案件を担当する特別回収部――通称「トッカイ」と七つの事業部に分かれていた。妹尾が配属されたのは、第六事業部である。

すると、半年で正社員として登用された。回収機構の新方針で、破綻金融機関出身者の二割ほどを正社員にしよう、という中に選ばれたのだった。ようやく一年更新という区切りがなくなり、ともあれ安定した生活が手に入った。

ただ、東京でも一筋縄ではいかない借り手に出会う。政治家を使って回収に介入し、「そもそも当方の債務保証は金融機関に無理にさせられたのだから、免除しろ」と要求してくる者もいた。ゴルフ場経営者のハワイの物件を売るときには、国会議員に呼びつけられ、難癖をつけられた。

「噂によると、回収機構の担当者は外資にリベートをもらって、物件を売り払おうとしているそうじゃないか」

「私がその担当者です。リベートなど一切、もらってません！」

そう激しく言い放つと、回収機構本社を巻き込む騒ぎとなった。二代目社長の鬼追《きおい》明夫が乗り出して収めた。回収機構の優れたところは、銀行という営利企業とは違って、損得勘定抜きの正論を主張できたことだ。そうでなければ、あんな政治の介入をはねのけられなかった。

その反面、過去の銀行の罪深さを痛感することも多かった。信用力の弱い融資先は、銀行に頼まれれば断れない。そうしてゴルフ会員権を買わせ、保険や個人ローン、それに融資と同時に預金を強いる両建預金を押し込んだ。融資に協力をした会社は、銀行が破綻すると連鎖的に破綻していった。

――それはもう銀行が加害者じゃないか。

それも彼らを簡単に「債務者」と呼ぶことはできなかった理由だ。

五十三歳になり、今度は大分に飛んだ。大分市に本店を置く「豊和銀行」の再建を依頼されたのだった。五年間在任し、五十八歳で退職をした。兵庫県に戻り、自給自足の生活を夢見て質素な生活を続けた。妻も退職し、畑を耕したり、卓球大会に出たりする日々が、六十歳過ぎまで続いた。

「妹尾さん、そのままじゃちょっともったいないんじゃないの」

そう言われて、今まで経験したことを生かして社会の役に立ちたい、という気持ちが芽生えたころに、調停委員に誘われた。

多少の難題があっても、「たいしたことはない」と思える度胸がついている。組織に属する限り、「行うべきこと」と「組織のために行わなければならないこと」が対立するときが必ずある。組織の論理に逆らうのは大変に難しい。だが、自分で覚悟を決めた失敗であれば、立ち直ることもできる。

自分が歩く道は自分で選ぶ。会社も上司も常に正しいわけではないのだ。悔いのない選択も、人生の充実感も、その覚悟を持つことからしか生まれない。

そんな達観した考えに至る日もあれば、焦る日もある。調停委員になり、離婚案件を扱い、男女の思考体系の違いを感じた。

整理回収機構の仲間たちと

――よく、俺もこれまで妻に見放されなかったものだ。

冷や汗をかいたこともある。

その妻を年に一度、整理回収機構の同窓会に連れて行く。皆が温かく迎えてくれる。家族の支えなくして、あの激烈な時代を乗り越えられなかったことを、全員が分かっているからだ。抵抗ばかりの人生だったが、その場で与えられた役割からは逃げなかった。何よりも妻が五十年も寄り添ってくれた。

松任谷由実のヒット曲「卒業写真」は、学生時代の「あなた」のことをこう歌っている。

〽あなたは　私の　青春そのもの

それを一緒に聴いていた妻があるとき、ぽつりと呟いた。

「そんなもんじゃないのよ。あなたは、私の人生そのものなの」

信じられないだろうが、本当の話だ。

第六章 身捨つるほどの祖国はありや

バブル崩壊で訪れた約十年の平成不況の後に、新たな「失われた十年」が待っていた。しかも、日本の合計特殊出生率は二〇〇五年に、過去最低の1・26を記録して人口の〝屈折点〟を大きく越え、縮小均衡の時代へと向かうことを示している。そのころ、金融敗戦の最前線から転身した「公募校長」が、生徒たちに訴えていた。「時代に飲み込まれないで」。ひたすら坂の上の雲を目指して歩む時代は過ぎたのだろう。それでも、人生とこの国は続く。校長の言葉は、足元を踏みしめて生きていくしかない者たちに向けた、「あなたはどう生きるか」という問いかけでもある。

第十六話

回収の鬼が校長になった

「時代に飲み込まれないで」

1

学校は、遠くに横浜ランドマークタワーを望む高台にあった。

京浜急行の南太田駅を降り、駅頭の商店街からドンドン坂を威勢よく登り切って、石川裕二は大きく息をついた。

満開の桜に覆われた校門と、真新しい「神奈川県立横浜清陵総合高等学校」の金看板がそこにあった。二つの高校を合併させ、総合学科高校とうたった新設校だ。いわば実験校である。

石川は五十五歳。約二年前まで不良債権の回収にあたる国策会社「整理回収機構」の取締役第六事業部長を務め、「回収の鬼」とも「ゴジラ」とも呼ばれていた。その任期が切れ、思いきって応募したら県下初の民間人校長に採用されてしまった。

きょうが第一回入学式で、高いところに立ち、みんなに「俺が校長だ」とやらなきゃいけない。二〇〇四年四月六日のことである。石川は自分に問いかけた。

――オイ、地に足を着けて話せるのか。

総合学科高校は県の高校改革の一つで、生徒自身が普通科高校の科目と商業高校、工業高校などの専門科目を自由に選び、学ぶことができる。企業人を講師に招いたり、就業体験を導入したり、柔軟なカリキュラムとアイデアを取り入れたりすることも許されている。だからこそ、金融業界という異世界にいた自分が初代校長に選ばれたのだ。

だが、学力レベルの違う二つの高校を一緒にしたから、やんちゃな生徒もかなり混じっている。これまで相手にしてきた債務者たちとは勝手が違って、こちらも手強そうに思えた。

登壇した後のことはよく覚えていない。ただ、生徒の顔はよく見えた。

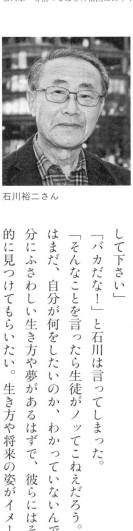

「君たちが夢に向かってチャレンジする力を育てます。夢チャレです」

そんな話から始めたが、忘れられないのはすぐに、職員会議で教師からこう言われたことだ。

石川裕二さん

「夢チャレですが、そんな言葉はありません。夢チャレンジにして下さい」

「バカだな！」と石川は言ってしまった。

「そんなことを言ったら生徒がノッてこねえだろう。生徒たちはまだ、自分が何をしたいのか、わかっていないんですよ。自分にふさわしい生き方や夢があるはずで、彼らにはそれを主体的に見つけてもらいたい。生き方や将来の姿がイメージできれば、それを具体的な進路として、より高いレベルで実現させてほしいんです。それが夢チャレなんですよ」

学校には「公募校長」を珍しがって、次々に新聞記者がやって来た。彼らにはこんな話をした。

「私はバブル経済とその崩壊を直接の当事者として体験してきました。これからの日本を担う生徒たちには、二度とあんな失態を演じてほしくないです。私たち大人の多くは、力のある人間に忠誠を尽くすことが人生だと思って生きてきたんじゃないですか。それでいいんですか。そうはならないように、社会を自分の眼で見、何をすべきか自分の頭で考え、行動に移せる、そうした生徒を育てることが自身の役割だと考えています。

それに、挫折したときに、仕事を抜きにして戻れるところ、それは友人や恋人だったり、趣味だったりするでしょうが、そんな場所を見つけさせてやりたい。失敗しても自分を失わないような人間になってもらいたいんです」

通過儀礼を終えると、石川は全生徒の成績や特技、日常行動をエクセルにまとめ始めた。一学年が約二百四十名、三学年分のデータすべてをパソコンに入力した。まとめたデータを持ち出し、彼は担任の教師を呼んだ。

「この生徒はいまどうなってますか？　どんな指導をしていますか」

教師たちはたいていびっくりした。校長が一人の生徒についてどうしてそこまで知っているのか、と思っているのだ。

それは整理回収機構の案件会議で石川が実践したやり方だった。会議を開くたびに、問題のある回収案件のデータを自分で用意して、担当者に尋ねる。

「この債務者をこれからどうするのですか？」

担当者の答えがあいまいだと、「そんな甘いことでどうする」とハッパをかけたのである。

そこは矛盾に満ちながら、失うものがない人々が集った不思議な会社だった。

整理回収機構はバブル狂乱後に、日本中の不良債権を背負って回収にあたった国策会社である。わかりやすく言えば、国が作った債権取り立て会社だ。前身を「住宅金融債権管理機構」といって、一九九九年に「整理回収銀行」を吸収して誕生している。

石川がその第六事業部長に就いたのは、回収機構が誕生した翌年のことだった。それまで彼は、地銀最大手の横浜銀行で横浜駅前支店長を務めていた。

取締役の一歩手前の理事という立場である。横浜駅前支店は「役員店舗」と言われ、普通なら一年程度で役員昇進というケースが多いのだが、石川は一年で整理回収機構に出向するように命じられた。

——しょっちゅう文句ばかり言ってたからだな。

彼はそう受け止めた。上層部の方針が間違っていると思うと、異論を唱えてきたのだ。不本意な出向を命じられると、銀行員の多くが「もうこれで俺も終わりだ」と嘆いたが、彼はそうは思わなかった。会社の評価がいつも正しいわけではなく、それが人生の物差しでもないからだ。

争いごとが好きだったわけではない。小さいころから神奈川県厚木市の山野で、鳥や虫を追う純朴な人間だった。

早稲田大学商学部に進むと、生物同好会に入会し、山歩きをしたり、山小屋にこもったりして野鳥や昆虫の観察、個体数調査をしていた。彼らの機関誌「早稲田生物」は国会図書館にも納められている。

父親の深雪《みゆき》は旧日本勧業銀行で横浜支店長代理を務めた銀行員である。二男の石川が「横浜銀行に行くよ。大学で専攻した会計学の知識も生かせそうだしね」と告げると、自分のことのように喜んでくれた。深雪は出世には無縁だったが、堅く、まっとうに生きた人だった。晩年には洗礼を受けてクリスチャンになっている。

生物同好会のOBたちからは、「クラブの出身者は純粋過ぎて、企業では出世できない」と言われていた。銀行員になって、少しずつその意味がわかってきた。

例えば、窓口が混雑していても、預金を引き出しに来た顧客に行員が定期預金や投資を勧めている。銀行のビジネスと都合が優先されていた。それを変だと思った。

――一分でも早く現金を返すのが、本当のサービスじゃないのか。

疑問を抱きながら、入行九年目で従業員組合の中央執行委員に就いた。それから通算四年間、組合の専従を務め、委員長まで経験している。いわゆる御用組合で、銀行では出世コースだったが、石川は会社に忖度することよりも、従業員の意見や論理を優先して動いた。

――あれが幹部から嫌われるもとになったのだろう。

そう思うこともあったが、バブル景気で融資競争が激化し、金融自由化が進むと、本部の意向であっても納得できないことが増えていた。その一つは、横浜銀行がのめり込んだ変額保険の推奨販売である。

変額保険とは投資型の生命保険商品のことで、保険会社の資金運用実績に応じて受取保険金や解約返戻金が増減する。バブル最盛期の八〇年代後半に、明治生命と資金を融資する銀行が組んで、売り込んでいた。支店には、本部から「相続対策になる変額保険という商品があり、これは当行の融資に結び付くので、お客様に紹介していただきたい」という趣旨の指示が流れていた。

生保と地元に信用のある銀行が連携して儲けようとしたのだが、投機性の高い変額保険を銀行融資とセットにしているから、借金して株を買うようなもので、株価が下がれば顧客は借金返済が難しくなる。

そのころ、石川は大和市の南林間支店長で、「うちの支店では扱っちゃいかん」と固く命じた。彼は計四店で支店長を務めたが、ゴルフ会員権や土地投機にからむバブル融資もさせなかった。本来、銀行が融資すべきもの以外に手をつけてはだめだ、と思っていた。

案の定、バブルが崩壊し、生保側の資金運用が悪化すると、融資を受けて変額保険に加入した客は多額の損失を抱え、「十分な説明を受けていなかった」として、明治生命や横浜銀行などを相手取る集団訴訟に発展した。それは銀行に対する信用――言い換えれば、父親たちが守り、世間も信じていた堅い銀行員の世界と顧客の信頼が崩壊したことを意味した。

しばらくして、石川は上司に呼ばれた。

「君は変額保険に関わっていないから頼むよ」

横浜銀行は、集団訴訟や調査に対応する態勢を取らざるを得ない。そのチームのリーダーを任せたいというのだ。逃げるわけにもいかず、一年半近く訴訟や大蔵省への対応に奔走した。

これが銀行員としての生き方を大きく変えるきっかけになった。会社や仕事に忠実であることと、自分や顧客に誠実に生きることは違うのである。そして、バブルと銀行の社会的責任について、深く考えるようになった。

――エリート集団のはずの銀行員たちがなぜやすやすとバブルの罠に陥ってしまったのだろうか。そして、監督官庁の大蔵省がどうして無策だったのか。

2

整理回収機構への異動を命じられたのは、それから約三年後のことである。石川は自分に言い聞かせた。

――目の敵にしていたバブルの処理をするところだ。俺にはぴったりの仕事場ではないか。

回収機構初代の社長は、第十五話でも触れた元日本弁護士連合会会長の中坊公平である。彼は六兆八千億円に上る住専の不良債権回収や、つぶれた銀行の債権回収の先頭に立っていたが、石川が着任する十か月前に、「リメンバー住専」と言い残して、弁護士の鬼追明夫に社長を譲っていた。

中坊の言葉は忘れやすい国民への遺言のようなものだ。住専が破綻したときに、住専の損失のうち六千八百五十億円が国民の税金から補填された、その理不尽な行為を忘れるなということである。中坊は「住専破綻とはしょせんは旧住専七社の倒産であり、責めを負うべきは、七社の経営者、七社を設立し経営者を送り出していた金融機関、さらにこれを指導、監督してきた大蔵省である。国民は非がないのに罰されたようなものだ」と指摘した。

石川はこうした批判を受けて、「責めを負うべき金融機関」から送り込まれた数十人の一人だった。そこは寄せ集めで、二律背反の組織だった。

回収機構の社員は、弁護士や警察出身者などを除くと、おおむね三層に分かれていた。一番多かったのは、つぶれた住専七社から回収機構に転じた者たちである。十五年で解雇という年限を切られていた。

二層目は、破綻した銀行、信用金庫、信用組合から回収機構に移った者たちで、雇用は五年間の期間限定だった。人生を賭けようにも正社員に登用されない限り、長くはいられない。債権回収に励めば励むほど、回収すべき債権――つまり仕事の量と回収機構自体の寿命が縮むという矛盾も抱えている。その事情は元住専組も同様だった。

三層目は、住専を設立した母体銀行から出向した銀行員たちで、こちらは帰るべきところがある。二年ほどで銀行に戻る彼らが組織の上に立ち、元住専組や破綻金融機関出身者を指揮して、債権回収に当たるのである。

当然ながら、意気上がらず、というのが現実であった。

石川が率いることになった第六事業部は東京、大阪、神戸に支店を持ち、総勢は約百人。横浜銀行など地銀と生命保険会社各社が出資し破綻した「地銀生保住宅ローン」の債務者や、つぶれた兵庫銀行、神奈川県信組、相模原信組、厚木信組などの債務者を相手にしたが、なかなか回収目標を達成できなかった。

そもそも回収が難しい債権が残っている。金融機関がつぶれた後に、正常債権を引き継いだ銀行が受けつけないものばかりが回ってきているのである。中には真面目に融資金を毎月返して完済した人もいて、お祝いしてやりたいぐらいだったが、それはごく一部で、八割ほどの債務者は協力してくれないのだ。

回収機構は大別すると、事業部と特別回収部に分かれていて当初の年間回収目標を六千億円としていた。このうち特別回収部が焦げ付き百億円以上の大口で、反社会的な悪質債務者を担当した。「トッカイ」と呼ばれる彼らは、暴力団や末野興産を始めとした借金王、怪商を相手に資産隠しの解明回収にあたる専門部隊である。

「トッカイ」は回収の泥沼で苦闘したが、七つの事業部も問題債務者を抱えている。不況の中で債務者はそれぞれ事情を抱えていたから、石川たちの回収作業もまたぬかるみを進むようなものだった。

石川は毎週一度、支店を訪ねた。そのうちに、こう考えるようになる。

――隠して返さない奴は徹底的に追い詰めるしかないのだ。全財産を隠して「取れるものなら取ってみろ」という者は少なくない。そんな奴は隠し財産を含めて徹底的にふんだくれ。だが強引に引きはがせばいいのか、といえばそうではない。懸命に働いて返せない人が、この「回収機構送り」になったのは、銀行にも責任がある。その銀行が破綻していなければ、まだ運転資金を借りることができたかもしれないのだ。そこを理解したうえで、「しっかりやる人は助けてやれ」と社員たちに言おう。

整理回収機構は一部の債務者から「血も涙もない」と言われていた。彼は案件会議に出ると「悪質な者にはけじめをつけさせろ」と激励し、返済しながら会社を再建するという債務者には「血も涙もある回収をしていこう」と社員に繰り返し話をした。

とにかく追及を諦めるのが一番よくない。企業や経営者の自宅近辺の金融機関に改めて調査をかけ、債務者ごとに担保物件と周辺関係者を調べ直した。そのなかに、約一千万円の融資を返さない者がいた。

「勤務先もわからないのです」と担当者は釈明した。

「まず関係書類を全部見せてみろ」

石川がそう言って書類を精査したら債務者の写真があった。よく見ると、本人のずっと後方に車が停まっている。ナンバープレート部分を拡大すると、うっすらと番号が浮かび上がってきた。そこから、上場企業の車だということを突き止めた。債務者はその会社の役員だったのである。会社に電話を入れて告げた。

「返して下さい。役員報酬を差し押さえますよ」

そして全額取り戻した。

債務者リストの中から、横浜銀行時代の取引先を見つけ出し、一億円を回収したこともある。その不動産会社社長は総量規制の直前に、銀行から一億円を借り、他の名義で名古屋の証券会社に送金してプールしていた。石川はその振込伝票のことを覚えていた。数年後、回収機構のリストの中に、お蔵入り寸前になっていた社長の名前を見つけた。

「ちょっと待て。名古屋の証券会社に照会をしてみろ」

それが当たった。

そうこうしているうちに、社員から「回収の鬼」と呼ばれ、のちに『債権回収最前線』(中川剛毅著、中央公論新社)にも仮名で取り上げられた。

ただし、彼の自慢は、例えば、債務者の子供から手紙をもらって困窮の内情を知り、部下の進言で未収利息を全面免除してあげたようなことだ。

真面目な家族だった。甘いと言われればそれまでだが、血も涙もある回収で再起を助けるのも自分たちの仕事だと思っていた。

一年経った頃に横浜銀行から呼び出される。人事部長は一部上場企業の名前を挙げて言った。

「社長含みで行かないか」

うまくいかなかったときには、「はい、サヨナラ」ということだろうか。それならここでもう少し働いた方が面白い。石川は断った。

「もういいところは紹介できないんだぞ」

と言われたが、「結構です」と答えた。

「自分の道は自分で決めます」

奮闘の日々がさらに一年続いた。回収機構には業績表彰制度があるが、これまで受賞実績のなかった第六事業部がとうとう目標を達成して、初めて表彰された。みんなで酒を飲み、万歳三唱をした。

そして、二年の任期が終わり、横浜銀行の人事部から告げられる。

「お前、戻ってきても、行くところないぞ」

それが、神奈川県で高校改革を推進している時期と重なった。二〇〇四年度に開校する総合学科高校のひとつで、県が校長を公募しているという。

それで、この道が自分に一番良い、と小論文を提出し、面接に応じてみた。校長就任が決まって一番喜んでくれたのは、彼の叱責を浴び、大声を聞いた回収機構の部下たちである。

「その方が、石川さんには合ってるね」

「回収の鬼が校長先生になるんですか！」

祝福してくれた部下の中には、本来なら再生した銀行の中枢にいるべき人もいた。彼らは「自分たちが作った不良債権の責任を背負う」と言って、回収機構に飛び込んできたのだった。男気のある人物がいて、正論が言えた。それが通る職場だった、と思う。

石川はそこに悔いを残していた。回収機構の正社員になりたいという社員の希望に十分に応えられなかったのだ。だが、部下たちがくれた寄せ書きで少し慰められた。

その真ん中に「酒とイバラの日々」と記されていた。


イバラの道に続く、校長の日々は二〇〇九年春まで五年間続いた。

石川は「夢に挑戦を」、と訴えるだけではなくて、生徒に社会性を身につけさせるために、伊勢佐木町商店街振興組合や神奈川経済同友会などに働きかけ、社会人講話を開催し、生徒を相模鉄道や崎陽軒、横浜のホテルに送り出して、事業所見学や職業体験を繰り返した。

彼の「時代を切り拓く力を育てよう」という試みが順調に進んだわけではない。校長室のドアを蹴り飛ばした生徒を「何やってんだ！」と追っかけて捕まえたり、修学旅行でたばこを吸った女子生徒に説教したり、校長室に菓子を用意して生徒の話を聞いたり、若者に教え、教えられた毎日だった。

校長を辞めた後、石川は県立総合教育センターの教育指導専門員や産業能率大学講師を務めた。学生たちに「君たちはバブルの罠に陥ってほしくない。だから過去の事実を知ってほしい。時代に飲み込まれないで」と訴え続けている。今は学校法人翔光学園・横浜創学館高校の副理事長だ。今度は校長にハッパをかけているのである。

県立横浜清陵総合高校の初代校長に就任

彼の名刺入れには、折りたたんだ小さなカードが入っている。それは校長室を去る直前のバレンタインデーに、女子生徒から贈られた手作りチョコケーキの小箱の中にあった。こう記されている。

〈校長先生へ

箱の中はガトーショコラです。よかったら食べて下さい。

先生が今年でいなくなってしまうことを聞いてショックです。私が清陵に来たいと思ったきっかけのひとつは先生でした。説明会に行って、学校や生徒さんたちの雰囲気が良くて、しかも校長先生が今まで出会ったどの校長先生よりも好きになれそう、ここの学校なら3年間を楽しく過ごすことが出来ると思い決めました。校長先生がいなかったら私は違う学校にいたのかもしれません。だから、一方的ですが、ありがとうございました。

先生が守ってきたこの学校はこの先もっと良い学校になると思います。私はあと2年間をこの清陵で一生懸命頑張ります。先生もお体に気をつけて過ごしてください〉

それを読むと、いつも彼は満ち足りた気持ちになって、もう少し頑張ろうと思う。

第十七話　原発事故一期生の青春「一人の百歩より、百人の一歩を」

1

「カラス」や「モグラ」と呼ばれる作業員が、電力会社にいる。

初めてその話を聞いたのは、駆け出しの新聞記者のころだったような気がする。彼らは高い電柱に昇って、作業員同士でキャッチボールをしたりバレーボールをしたり、曲芸のような実習を経て現場に出てくるというのである。

本当だろうか、とずっと思っていた。

東京電力の場合、東電学園高等部という養成学校で、若者を育て上げたという。中学を出た若者を学ばせ、あるいは「架空線実習場」と呼ぶ電柱の林のなかで鍛え、三年すると高卒資格を付与するのである。私は二〇〇一年に、日本独特の企業内養成所の一つである「トヨタ工業学園」を取材してから、ますます電力会社の〝曲芸訓練〟を見たいものだと考えた。

トヨタ自動車の技能者養成所を出た工員は「養成工」と言われるのだが、退職した養成工の人々から、「美空ひばりが昭和史であったように、俺たちがトヨタ史だ」という声を聞いたからである。きっと東電学園にも、要員を叩き上げる特殊訓練があり、熱い言葉があふれているのだろうと思った。

ところが、その東電学園が二〇〇七年に閉校になり、二〇一一年三月十一日に東京電力福島第一原子力発電所で世界最悪レベルの事故が起きると、私は電力会社に拒否感を抱くようになった。福島の事故は三つの原子炉の核燃料が溶け落ちる「メルトダウン」で、福島原発を取材した際、「絶対にありえない」と関係者が口をそろえた重大事故である。かつて地方記者として、あるいは社会部記者として、彼らの説明をうのみにしていた自分の不明を強く恥じた。

それが二〇一九年九月、千葉県下で起きた、一か月に及ぶ大停電事故のニュースを見続けているうちに、あの〝カラス〟の人々を思い出した。曲芸訓練の彼らが復旧に駆り出されているのだろうか。そのとき電柱や高圧鉄塔に昇る人々の姿を、私は振り仰ぐように思った。

電力業界と原発事故を追跡する友人のジャーナリストは、「東電はいまや天下の大罪人だが、原発事故だけで語られるべきではない」と言った。

「だって九割の社員は、原発や復興本社と離れたところでインフラを支えているんですもんね」

そして、こう付け加えた。

「『3・11』の春から、あなたの言う『後列の人生』を始めた人もいるんですよ」

その一人、阿部涼介は入社十年目、二十七歳になっていた。

彼は福島原発事故が起きて三週間後の二〇一一年四月一日、千人を超える同期生とともに東京電力に入社した。入社式は中止されていた。

配電保守担当の作業員である。基本は電柱への昇柱作業、つまり、電柱に昇り、配電設備の補修や改修、停電発生時の復旧作業が仕事だった。

私は前述の友人から紹介を受けて阿部に会いに行ったのだが、浅黒い筋肉質の作業員を想像していたところに、人当りのやわらかい痩身の青年が現れ、軽い驚きを感じてしまった。ネクタイを締め、眼鏡の奥から真っ直ぐに視線を返してきた。

私は長い間、疑問に思っていたことを彼に尋ねた。

――カラスと呼ばれる作業員がいるそうですが？

「あれは送電部門のプロです。鉄塔で作業する部隊ですね。共同溝などで地中線の仕事をする人はモグラ。電力会社は簡潔、略語を好む会社で、僕は『ハイデン（配電）』と呼ばれていたんです。電気を作ると高い電圧に変換して最後に配電するんですが、変電設備のメンテ補修をしているのが『ヘンデン（変電）』ですね」

「ハイデン」が昇る十二、三メートルの電柱は、彼らが最も恐れを感じる高さだという。他方、「カラス」が挑む鉄塔は四十メートルから百四十九メートルほどの高みにあり、そこから落ちれば確実に死ぬ。それを覚悟して昇るから、それほどの恐怖はないそうだ。

――電柱の上でキャッチボールをするのは本当ですか。

「総合研修センターでやらされましたよ。私はキャッチボールではないけれど、バレーボールを電柱の上で。研修センターの電柱は二〜三メートルごとに立っていて、横の電柱にボールをパスして、隣のチームとどっちが早く一周回るか競争をしました。手を離す訓練ですね。電柱を昇りきってからが私たちの仕事なんですよ。グローブを持たせ、電柱キャッチボールをさせた電力会社もあったかもしれないですね」

彼は電柱の一番上に昇って、腹筋を繰り返す訓練もした。腰の安全帯で支え、斜め四十五度の角度で上体を大きく反らす。空中に浮いているような体勢だ。筋力強化が目的ではなく、両手を離すことに慣れて、恐怖心を払拭するための訓練なのだという。

こうした訓練は周りから見えないところでやるのだ。遊んでいると思われないように。だから外に知られることがなかったのである。

そうした答えに満足して、私はゆっくりと、彼ら〝原発事故一期生〟の人生に耳を傾けた。

阿部が東電の社員であることを強く自覚したのは、入社した年の夏のことである。コンビニエンスストアに車を停め、青い作業着姿で降りると、突然、男に声をかけられた。

「エアコンを使ってるのか、お前ら」

阿部たちの車から落ちた水滴が、コンクリートに染みを作っていた。声の主は、じろりと阿部の胸元を睨んだ。そこには東京電力の赤いロゴマークがあしらわれている。

「エアコンなんか使ってる余裕、あんのかよ！」

怒気を露わにした声に、十八歳の阿部は棒立ちになった。福島原発事故のことを指しているのだ。悔しさにまた胸が締めつけられた。見知らぬ人から怒鳴りつけられるのは初めてではなかった。

街の食堂で罵声を浴びた同僚もいる。

「昼飯を食っている暇があったら、被災地に行け！」

その声が心に突き刺さって、顔が歪んだ。だから、彼らは弁当を持参し、現場から会社の食堂に戻って食事をした。

阿部が選んだハイデンは、台風や雷、風水害で停電すると、電柱に昇って不具合を解決する作業員である。その数は約五千人。三万一千七百人に上る東電グループ社員の一六％を占める多数派だ。彼らは逃げられない。ロゴ付きの作業着――つまり東電の看板を背負って停電の現場に行くので、国民の怒りの言葉をまともに受けていた。

作業着をまるで囚人服のように感じたという者もいる。震災後に入社した者も、原発とは関わりのない現場の者も、東電グループ社員すべてが負っている宿命である。

東電の車で走ると煽られたり、傷付けられたりするので、

阿部涼介さん

事業所によっては、刺激しないようにマークのない車で走り、車を白く塗装したりしたという。隠れるように作業を続けていたのだった。働き甲斐を見つけにくい時代だった。入社したての社員の中には、辞めたり家族に転職を勧められたりする者が相次いだ。

福島第一原子力発電所の中央制御室にいた職員は、震災直後の津波で電源を喪失した暗闇の中で、激しい揺れを経験している。中には急に手が震えたり、涙が止まらなくなったりするPTSD（心的外傷後ストレス障害）の症状を訴える者がいる。彼らを支える家族もバッシングを受け、精神的に病んでしまう事例が増えたという。

営業所に戻ると、阿部は作業着を着替え、シャワーも浴びずにデスクに向かった。嫌なことも含めて、その日の記録を残すまでが仕事なのだ。終業時間は午後五時二十分だが、いつも午後八時ごろまで作業が続いた。宿直勤務もあって二十四時間体制で緊急時に備えている。何となく格好良さそうだから、と選んだハイデンの一日は、たいてい汗まみれで終わる。

阿部の就職の後押しをしたのは担任の教師である。

彼は静岡県立修善寺工業高校（現・伊豆総合高校）の電気科に通っていたが、二年生のころにインターンシップで会社を見に行く行事があった。家から近い電気屋に行きたい、と彼は書いたのだが、教師に「いや、お前は東電を見てこい」と言われ、静岡県内の支店や作業現場を見て回った。社会に貢献する仕事だ、と何となく思った程度だった。

学科試験の成績は電気科で三番。体育の評価を加えるとトップである。いよいよ三年生になって、トヨタやＪＲも選択肢にあるな、と思っていたのだが、同級生が志望していた。すると、教師は「譲ってやれ、お前は東電を受けろ」とまたも後押しした。

彼の職業選択は、自分を必要としてくれるところから始める、という単純なものだ。だが、教師や家族が期待するのならば、そんな道もあるのだとおぼろげながら感じていた。

東日本大震災が起こったのは、内定から半年後の三月十一日のことだ。卒業式を十日前に終え、静岡県函南町にある自宅にいた。もともと地震が多いところだが、それまでに経験したことのない揺れを感じて、二階の自室から駆け降りて外に出た。家に戻り、落下物を確認する。電球の笠が激しく揺れていた。

そのころ、福島第一原子力発電所は巨大津波に襲われている。すべての電源を失った三つの原子炉で最悪のメルトダウンが発生し始めていた。阿部はテレビの前に釘付けになってニュースを見た。知れば知るほど危機感が募ってくる。

──採用自体が取りやめになるかもしれない。

そんな思いも頭をよぎった。数日後、携帯に電話がかかってきた。東電の人事部で採用を担当する、母校のＯＢからだった。

「採用を取りやめるようなことはありません」。そして励ますように言った。

「元気に来て下さい」

ほっとしたが、東京電力に入社したことを、親しい人以外には打ち明けなかった。勤務先を聞かれると「サラリーマンです」とだけ答えた。それでも、近所の人たちに話しかけられる。
「東電に入ったんでしょ。会社は大丈夫なの」
「次の計画停電はいつあるのかね」

2

五月のゴールデンウイークが明けたころに、阿部は東京都日野市にある総合研修センターに移った。四か月の泊まり込みだ。研修センターは、「東電学園」があった場所である。即戦力の技術者を養成していたのだが、少子化や高学歴化が進んだことで、二〇〇七年三月に五十三年の歴史に幕を閉じていた。

研修を終えると、沼津支店で大仁《おおひと》地域の配電保守を担当した。受け持ちエリアは伊豆市と、その北にある伊豆の国市である。

厳しい職場だった。挨拶から身だしなみ、態度まで細かく注意される。すべてが安全に通じるのだという。ルールを守れない者は自分の体さえ守れない、というのだ。補助ロープを一つ忘れるだけで、墜落事故が起こる。突風であおられたときに支えるものがないからだ。道具を空中から落下させ、歩行者に当たればこれも大事故だ。

だから現場には怒号が飛ぶ。昇柱は必ず二人一組で行われるが、危険な行為がないか、先輩が常に下で監視している。

「止まれ！」

「そこ危ないぞ！」

「いっぺんやめろ！」

近所の人が「そんなに怒らなくても……。ゆっくりでいいからね」と声をかけてくることもある。ただ怒っているわけではない。命が惜しいから声に力が入るのだ。監視する者に、作業員の命がかかっている。

ハイデンの訓練風景

そう分かっていても、毎日叱られるのは辛かった。

「いつまで経っても覚えねえなあ」

「この前教えただろう、これ！」

怒声を浴びて泣き出す者もいた。かつては、頭を小突くくらい当たり前の職場だったらしい。危険は体で覚えさせるしかない、という考えが浸透していた。

――あの先輩たちを褒めさせたら、これはすごいことだ。

阿部は自分に言い聞かせた。

平日は毎日現場に出た。担当エリアの伊豆は台風時の停電が多い。停電の復旧こそ、ハイデンの腕の見せどころである。消防士で言えば、火事は起きない方がいいが、火事場に行くときにこそ力を発揮するようなものである。こういうときに自分がやらなければいけない、という思いが強い。

不安があると、住民は決まって現場の作業員に声をかけてくる。

「いつになったら点くの！」

――それに応えている一分一秒で、何百世帯の復旧が遅れるんですよ。

そう言いたいが、時間がもったいない。だから、本音や愚痴をぐっと飲み込んで体を動かしていた。


電柱の上には箱型のスイッチがある。赤色の「入り紐」と、白色の「切り紐」がそれぞれぶら下がっている。復旧作業を終えてこの入り紐を引くと、夜暗にパーッと温かい光が灯る。周囲の街灯と、何百軒もの家の明かりが一斉に息を吹き返す。それは映画の一場面のようで、明かりに照らされた阿部の顔が誇りを取り戻すときだ。

ハイデンは、成長が実感しやすい職場でもある。気づけば五分もかからずに電柱に昇れるようになっていた。怒ってばかりだった先輩が、「早くできたな」と言ってくれた。

「お疲れさん」の言葉が心地よく聞こえる。

そのころ、作業の日々が続くと、スケジュール帳を眺めていた。

――この日までは頑張ろう。

手帳には、趣味のサッカーの試合や友人との飲み会の予定が記されていた。

そうして入社から丸三年を耐え、ようやく阿部に後輩ができた。震災後、途絶えていた新入社員を迎えたのだ。今度は、電柱に昇る後輩を下から見上げる番である。白地に赤いラインを入れた腕章を着ける。真ん中に「作業責任者」の文字が入っている。新たな責任が生まれる。後輩の命だけではない。その家族、友人、これまで積み上げてきたもの、すべてが自分の肩にかかる。だから、安全確認はしつこいほどにやる。昔、怒っていた先輩たちの気持ちが少し分かった。

それでも、毎年のように墜落や感電で死者が出る。二〇一八年度は東京電力グループで請負・委託員を含め七十九人（うち社員は六人）が負傷し、請負・委託員一人が死亡した。

阿部は現場に八年いて、二〇一九年六月、史上最年少で東電労組の専従（中央執行委員組織対策局部長）となった。かみ砕いて情報を伝えるのが責務で、いまは中央副執行委員長の片山修から聞いた言葉を大切にしている。

「一人の百歩より、百人の一歩を目指そう」。その方がより大きな力になる。

その言葉に、私は二〇〇一年十月に亡くなった東電元副社長の山本勝《まさる》を思い出した。山本は融通無碍で、清濁併せ呑む酒豪だった。彼が電力業界を押さえ、トヨタ自動車の副社長・上坂凱勇《うえさかよしお》が自動車業界の裏方を務めて、財界の流れを決めていた。政治家から官僚、総会屋に至るまで幅広く人脈を広げ、告別式には約三千人の弔問客が集まった。

山本の死後、東電は原発トラブル隠しなど不祥事が相次ぎ、ついには取り返しのつかない福島の事故が起きた。「山本副社長がいればこうはならなかった」という声はずっと社内外にあった。東電は代え難い藩屏《はんぺい》を失ったというのである。それを聞いて、山本を重用した東電元会長の荒木浩は、幹部に言った。

「『山本が生きていたなら』とみんなが言う。しかし逝ってしまうと、何も残らなかった。もう山本のような仕事をしてはいけない」

一人で百歩も行き、個人の人間力で企業を支えた時代は終わりを迎えたのだ。片山や阿部が信じるように、一人ではなく、百人で耐えるときなのだろう。

阿部は入社二年目から毎年、復興支援活動で福島を訪れている。彼のような作業員だけではなく、全社員を対象に延べ五十一万人が派遣されている。避難先から戻ってきた住民の家の片付けや草むしり、雪かき、神社の落ち葉拾いなど仕事は山のようにある。草刈りのために阿部も刈払機取扱作業者の資格を取った。作業着の上にヤッケを着て、支援先に向かう。会社のマークを隠すのは、相手方に対する配慮でもある。東電に手伝ってもらっていることを知られたくない住民も多い。

毎年震災の時期になると、各部署で「3・11」のディスカッションをする。その時、どこで何をしていたか、反省点や改善点も話し合う。忘れないため、責任を自分たちが持ち続けるため、そして風化させないためでもある。こうした取り組みを、表で話すことはない。「自慢することでもない」という社員もいれば、「何を私たちが言っても、批判の的にしかなりません」とうつむく者もある。

阿部のように震災後に入社した社員と、震災前から働く社員では、意識に大きな違いがある。阿部にとっては震災も原発事故も、入社前にすでに起きていたことである。感慨を聞いても、自分が回答することが相応しいとは思わない、と言う。

先輩の小松聖斉《きよなり》（東電労組中央副執行委員長）はもっと複雑な思いを抱えている。一九八八年に入社し、ヘンデンの現場を経て二十代後半で労組の専従となった。

震災当時の現場を、組合の視点から見てきた。福島と本店をつなぐ緊急時対策本部にも通った。原発作業員の被曝線量上限を何ミリシーベルトにするのかといった国との交渉の過程も凝視した。福島第一原発の作業員の取材にも行った。組合の機関紙に載せようと思ったのだ。だが、語ることに苦痛を感じる作業員たちがいて、取りやめた。まだ時期が早かったのかもしれないと思う。

阿部は二〇二〇年四月から法政大学大学院の夜間で学んでいる。労働組合論のプログラムがあり、勧められて受験をした。高卒なので、まず大卒相当と証明するための試験を受け、大学院の受験資格を得て、本試験に挑んで合格した。授業は午後六時三十五分から十時まで、週三回は通っている。組合の仕事はバックアップをしてやるから、という言葉に背中を押された。現場から離れて約二年が経った。東京・浜松町にある組合事務所の近くで工事現場を見ると、ハイデンの職場を思い出す。

——あの足場、保護が甘いんじゃねえかな。

そんなことが気になる。そして、胸をよぎるのは、停電を復旧した時に明かりが灯るあの瞬間だ。

いつかまた、怒鳴ったり怒鳴られたりする現場に戻る。その時に自分を支えてくれるのは、暗闇に火を灯す、ハイデンの小さな矜持なのだろう。

第十八話　鑑定士の一分
「土地のことは土地に聴け」

1

桝本《ますもと》行男は東京・東浅草で小さな店を開く、老練の不動産鑑定士である。

ふんわりとした柔和な細面に白髪、銀縁の眼鏡をかけて、老教授を思わせる雰囲気なのだが、業界仲間は最近になって、七十三歳になる小柄な男の奥底に強固な職人魂が据わっているのを見て取った。誰もが尻込みする東京都や大企業に反立する不動産鑑定を一人で引き受けたからである。

彼の事務所は、浅草の旧今戸橋《いまどばし》から吉原に向かう山谷堀の途中にある。裏は二階建ての古いしもた屋でいささかくたびれ、静かな浅草の街に溶け込んでいる。通りに面した事務所は一階の一部を改装して、跡継ぎの息子の趣味なのだろうか、カフェを思わせる垢抜けた作りで、壁に並んだブリキのおもちゃと簡素な神棚が不思議なバランスを保っている。

桝本の机は少し奥まった、書類でごちゃごちゃしたところにある。その机の前の壁に、手書きの小さな貼り紙が二枚あった。

一枚は、〈尊敬する櫛田光男氏〉と記され、写真のコピーが付いている。晩年の櫛田《くしだ》が優し気にこちらを見つめていた。

その横の一枚はこう読める。

〈土地のことは土地に聴け〉

それは、日本不動産鑑定協会の初代会長で、「不動産鑑定の父」と敬愛された櫛田の自筆をコピーしたものだという。日本には八千二百六十九人の不動産鑑定士がいて、彼らが一度は目にする言葉なのだそうだ。桝本は〈土地に聴け〉という言葉を、「地道に現場を歩け」という意味だと受け取って、東京中を自転車で走り回っている。


二〇一八年夏の晴れた日のことである。

夏を思わせる太陽が中天に上るころ、桝本はいつものママチャリで中央区役所まで約七キロを走り、都市計画などを調べた。さらに都の建設事務所に寄り、ようやく午後五時に江東区役所を出た。そこから橋にかかる急坂を一気に上り、空を見上げたらめまいがして、倒れてしまった。熱中症だと思っていたが、翌日、病院で「心筋梗塞を起こしています」と診断された。即入院である。

家族はあきれた。一体、何をしていたんだろう。

だが、彼は病院のベッドの上でうわごとのように言った。

「あの土地の鑑定評価書を作らなければいけないんだよ」

二週間後に退院した。しばらくは医師の助言通りに自宅で安静にするのだろう、と家族は思っていたのだが、彼は事務所に出て、山積みの資料に埋もれてパソコンに向かっていた。かつて証券会社系の不動産会社に勤めていたころ、毎月百六十時間前後の残業をこなし、過労死ラインを超えて生き残った自信に何とか支えられているようだった。

それを聞いた知り合いの埼玉大学名誉教授・岩見良太郎は嘆息を漏らした。

「命がけでやっているんだな」

だが、桝本自身は、単純にこう思っていた。

――これは自分しかできない鑑定だから。

桝本行男さん

彼を動かしているのは、素朴な疑問である。古い下町者の心意気もあるのだろう。東京の荒川区で生まれ、その隣の台東区東浅草で地元の皮革製品を商う家に育っている。小学校は、吉原大門脇に建つモダンな校舎だった。
鑑定書を書くきっかけは、知人の遠藤哲人《てつと》から、「シンポジウムをやるので来ませんか」と誘われたことである。倒れる一年ほど前のことだ。

遠藤は、「NPO法人区画整理・再開発対策全国連絡会議事務局長」という恐ろしく長い肩書を持っていて、晴海に建設中の五輪選手村用地のことを話したいと言った。

会場には五十人ほどいて、遠藤はこんな話をした。

「東京オリンピックが二〇二〇年に迫っていますが、その選手村の建設を名目に、東京都は中央区晴海五丁目の東京ドーム三個分（十三・四ヘクタール）の都有地を、民間デベロッパーに二束三文で売り渡しています。その譲渡価格は百二十九億六千万円、一平方メートル当たり九万六千八百円の超安値です。東京の銀座まで二・五キロ、車で十分の好立地です。周辺の地価相場は少なくともその十倍はするでしょう」

桝本はびっくりした。

――そんなべらぼうに安い土地があるんだろうか？

その選手村用地を、桝本は思い浮かべた。そこは東京湾やレインボーブリッジを望む、不動産業者垂涎の埋め立て地であり、都心に残された最後の一等地である。対岸には豊洲新市場が建設中だった。

選手村の建設は、舛添要一都知事の時代に、民間企業連合の資金とノウハウで、五輪レガシー（遺産）を残すと決めたことが始まりだった。

選ばれたのは、三井不動産レジデンシャルを代表に、三菱地所レジデンス、野村不動産、住友不動産、住友商事、東急不動産、東京建物、ＮＴＴ都市開発、日鉄興和不動産、大和ハウス工業、三井不動産と、いずれも国内大手のマンション開発業者と商社である。

東京都はそこへ都有地を払い下げ、十一社は連合して十四階～十八階の宿泊棟二十一棟を建て、東京五輪の開催中は組織委員会に三十八億円の家賃で貸す。五輪閉幕後には、都と組織委員会が四百四十五億円を負担してリフォームしてやり、五十階の超高層タワーマンション二棟や商業施設を加えた計五千六百三十二戸の新しい街「晴海フラッグ」を誕生させるという。

「五輪選手村を作る」といっても建物はマンションだし、五輪時利用はごく一時的なことで、業者から見れば計一万二千人が住む巨大タウンを建設しているのだ。現に、商業施設担当の三井不動産を除く各社は二〇一九年八月、閉幕後を見越して六百戸の選手宿泊マンションの最初の分譲を済ませている。ちなみに六百戸という販売戸数は首都圏で当時最多、不動産投資家や富裕層、近隣のタワーマンション族など分譲希望者が殺到した。

さて、桝本の関心は、その都有地の激安払い下げ価格だった。

――誰が土地の評価鑑定をしたんだろう？

彼は子供のころから船や飛行機が好きで、その設計図を見ているだけでも陶然として時間を忘れた。明治大学政治経済学部を卒業して、証券会社系不動産会社で不動産鑑定士に納まったが、ゼロ戦の堀越二郎のような設計者に憧れていたのである。

それで休日には、東京湾の潮風に吹かれながら、自転車で晴海の東京国際見本市会場や船の科学館などを回った。日本丸や海王丸など華麗な帆船を見、羽田空港を飛び立つ機影を見あげるのは、遠ざかる夢を取り戻すひとときの旅のようなものだ。不動産鑑定士の中で一番、晴海界隈に通っていると思った。

それに彼は以前、晴海に近い江東、台東、墨田地区の鑑定評価員を務めている。国土交通省が地価公示をする際に、土地鑑定委員会から委嘱されたのだった。これとは別に、近くの土地について鑑定評価を依頼されたこともあり、周辺の土地取引事例も熟知していた。

その経験からすると、どう考えても晴海で一平方メートル当たり十万円以下という地価などあり得ないのだ。そもそも東京二十三区内には、土壌汚染地でもこれほど安い土地はないのである。二〇一七年の公示地価では、問題の選手村用地から徒歩四分ほどにある、晴海五丁目の地価は九十八万五千円だ。晴海二丁目は百五十五万円、勝どき三丁目が百二十万円である。

桝本がもう一つ驚いたことがある。

この土地に超安値のお墨付きを与えたのは、業界の権威である一般財団法人「日本不動産研究所」だったのである。一九五九年に誕生し、東京都港区の本社、支所に二百八十二人の不動産鑑定士を抱える日本最大の不動産総合調査研究機関だ。問題の土地を巡って、二〇一六年二月、都に鑑定書類を提出していた。

同所の初代理事長は、桝本が敬愛する櫛田光男である。櫛田は大蔵省理財局長や国民金融公庫総裁を歴任したが、不動産鑑定士を弁護士や公認会計士と並ぶ権威ある資格にしようと尽力した人物で、彼の残した『不動産の鑑定評価に関する基本的考察』（住宅新報社）は業界関係者のバイブルになっている。

櫛田は、不動産鑑定評価というものは、土地を投機、利益の対象として見るのではなく、土地を含めたその地域の歴史や住民の生活、人と土地の関わりのなかに価値を見出すことを求めた。テクニックだけではなく、プロフェッショナルとしての哲学や倫理観を持て、ということであろう。

「櫛田さんは常々、『土地は投機の商品ではない。本来、金儲けに使ってはいけないものなのだ』と指摘していた」と話すベテラン鑑定士もいる。

そんな大先輩が育てあげた巨大研究所の鑑定や都の判断に異を唱えるのは勇気のいることだ。

都の都市整備局はこう説明していた。

「十一社連合と特定建築者契約を結んだのは、都の事業費が圧縮できることやマンションが売れ残ってしまうリスク回避を図ることが可能だったためです。土地価格については、選手村の仕様に対応した住宅棟を整備し、事業の完了までに長期間を要することなど、本件事業の特殊要因を考慮した。そのうえで、その特殊要因を評価に反映できる適格な不動産鑑定士に調査を委託しました」

同業者たちが言う。

「五輪と民活を錦の御旗にしているわけですよ。東京都を相手にするだけでも厄介なのに、日本不動産研究所は鑑定評価や調査研究、コンサルティングでも全国的なネットワークを築いている。

そんなところを敵に回せませんよ」

だが、桝本は住民団体や弁護士に頼まれて、問題の土地の鑑定評価に取り組むことにした。政党や思想、信条への傾斜があるわけではないし、鑑定報酬など微々たるものだ。「人生、真面目に生きること」という、一行の信条に沿って動いているだけなのだという。

住民らは二〇一七年八月、企業連合に適正な土地代金を請求するよう、小池百合子都知事に求める住民訴訟を東京地裁に起しており、桝本はそれにも加わった。疑問を晴らさなくては、鑑定士の名折れだという気持ちもある。心の師匠である櫛田も許してくれるだろう。

桝本が机の前に貼っている櫛田の言葉は、〈土地のことは土地に聴け〉の後に、こう続いている。

〈土地と人間との間におこるいろいろな摩擦、これが土地問題となるのであるが、その解決の為には、何よりもまず、土地に対して愛情を持つこと、これが肝心であると思う。そして、土地が訴えるところをよく聞き分けて、その望む所を叶えてやる、その知恵と工夫とをもつならば、解決できない土地問題はないのではないかとさえ思う〉

桝本は、日本不動産研究所がまとめた全百十九ページの、晴海五丁目西地区「調査報告書」を改めて熟読したが、理解できないことがいくつもあった。櫛田の言う土地への愛情や土地の所有者だった都民への責任感も感じられないと思った。これは他の鑑定士たちも疑問視することなのだが、都に提出された書類は、あくまでも「調査報告書」で、「鑑定書」ではないのである。

正式な鑑定評価書には、鑑定した土地付近の公示地価が書き込まれる。鑑定価格の妥当性を客観的に証明し、比較検討できる数値だからである。ところが、日本不動産研究所のそれは、調査報告書だから、とでもいうのか、周辺の公示地価が書き込まれていない。

その代わりに、調査報告書の六十一ページなどには、選手村の「直近の新築分譲マンションの分譲実績」を分析した項目があった。選手村敷地にマンションを建てた場合にいくらで分譲できるかを推定するため、選手村から徒歩数分のところにある三つのマンションの、実際の売買価格や建物の仕様を調べたのだ。しかし、都が開示請求に応じた調査報告書の分譲実績の項目はそっくり、のり弁当のように黒塗りにされていた（実際は、これらの三つのマンションが建つ土地の一平方メートル当たりの地価も、鑑定結果よりはるかに高い金額だった）。

「これはいくらなんでもひどいな」

穏やかな桝本も考え込んでしまった。報告書のうち一部でも黒く塗られているのを〝のり弁〟とすると、実に百十九ページの四六％がのり弁になっていた。さんざん批判を浴びたうえ、「週刊文春」誌上（二〇一九年五月二日・九日合併号）で公になった後、ようやく黒塗りの一部が開示されたが、新築マンションの分譲実績など肝心の部分は依然、伏せられたままだ。そのために、彼のようなベテランでも、最初は内容が理解できなかったのだ。

2

実は、私もまた、のり弁報告書に強い疑問を感じた一人である。三年前に都知事として登場した小池は〝のり弁〟を排し、情報開示を訴えた人物ではなかったか。不動産業界に詳しい若手記者に導かれ、調査報告書の原本を求めて歩くうちに、選手村事業の複数の関係者に巡り合った。

彼らは怒っていた。

「一体、公共用地の開発や不動産鑑定は何のために、誰を向いてやるものでしょうか。開発は国民や都民のためであることは言うまでもなく、そして鑑定は堂々と公正なものであるからこそ、依頼者や国民の信頼を勝ち得るものでしょう。選手村用地問題について言えば、こんな無茶な不動産鑑定では、初めから結論があった、と言われてもしかたない」

彼らは私たちに問題の事業のからくりを明らかにし、憤って帰っていった。彼らが去ったそのあとの椅子の上に、分厚い書類袋が残されていた。忘れていったのだろうか。それを開いて私は仰天した。それは、私たちが探していたあの調査報告書の原本コピーだったからだ。それをもとに、私たちは前述の文春誌上で、五輪選手村払い下げのからくりを報じた。

私は、彼らが丁寧に解いてくれた鑑定のからくりを思い出した。

「こうした事例では本来、複数の鑑定方法のうち、取引事例比較法と収益還元法という、二つの手法を関連させせながら不動産価格を導き出しています。ところが、選手村の土地ではそれをやらず、数学的にいくらでも評価額を操作できて、かつ素人には理解困難な開発法というやり方だけで価格を決定しています。正式な不動産鑑定書ではなく、調査報告書という名称になっているのもそのためです」

鑑定のうちわかりやすいのが、取引事例比較法である。鑑定したい土地の周辺でどのくらいの価格で土地が売り買いされているかを調べ、比較検討する。彼らはこう続けた。

「だが、取引事例比較法をやれば、東京の中央区にこんな安い土地取引がないのは一目瞭然になってしまう。素人の記者たちにも食いつかれてしまいますよ。だから、五つある街区をひとまとめにして十一社連合に譲渡するという条件を指定して鑑定させている。『これほど大きな土地取引は周辺ではないので、取引事例比較法は使えない』と言い張るためです。

比較できるように街区ごとに分けて分譲すれば、業者間の競争も期待できたのに、あくまで全体を一括し、安値で払い下げることにこだわっている。結局、受注したのは大手企業十一社が組んだグループです。これで一社に一括で払い下げたと言い張るのですから、壮大な出来レースと呼ぶほかはありませんよ」

問題の「調査報告書」に反立する桝本の「鑑定評価書」が出来上がったのは、彼が再起してから数か月後の二〇一八年九月のことである。住民訴訟の弁護団に提出した後、彼は母校・明治大学の不動産鑑定士会会報（二〇一九年二月号）に、〈晴海オリンピック選手村土地投げ売り〉と題して、次のように記した。

心にためこんだ怒りが垣間見える文章である。

〈建築中の晴海選手村の土地は、東京都が市街地再開発法を適用し、大手不動産会社に土地面積約十三万三千九百六・二六㎡を百二十九億六千万円（平均単価九万六千八百円／㎡）で売却してしまった。これに使われたのは、日本不動産研究所の調査報告書である。（中略）

取引事例比較法を採用していない調査報告書だからできた仕業です。但し、調査報告書の内容は肝心な部分が黒塗りのため不明です。

私は、選手村土地投げ売りを正す会から依頼され鑑定評価書で千六百十一億一千八百万円（平均百二十万三千円／㎡）で評価しました〉

選手村用地をめぐる住民訴訟は、これから調査報告書と桝本の鑑定書を巡って長い論争が続くことだろう。その間にも選手村マンションは投資家らに事前販売され、五輪が始まり、既成事実が作られていく。忘れたくないのは、権威や公の衣をまとっているからといって正しいとは限らないということである。

日本不動産研究所は、山梨県上野原市の用地買収を巡って作成した不動産鑑定書を、二〇一九年、甲府地裁の判決で根底から否定されている。

訴訟の端緒は、上野原市が二〇一四年に新しい保育園の用地として前市長らが所有する土地を二億五千二百万円で購入したことにある。住民がこの価格は高すぎると言い出し、「市が価格の根拠とした不動産鑑定は誤りだ。正しい評価額を一億五千万円とし、国の交付金を除いた差額を返せ」と住民訴訟を起こしたのだった。市から依頼を受けて鑑定書を作成したのが日本不動産研究所である。

甲府地裁の判決は明快で、住民の訴えを認め、日本不動産研究所の鑑定を「鑑定評価額を高くする方向に作用する要素について多くの疑問があり、（中略）客観的にみて合理的な鑑定評価が行われているとは評価し難い」と認定した。その上で、鑑定士は市長が事前に示した金額を意識し、「これと乖離しないようにしようとして、正常価格よりも高額に査定した」と指摘している。市が高値で購入したのは、前市長から政治的な協力を得たいという市長の思惑のためだった、とした。

この判決は翌年、東京高裁の二審でひっくり返った。裁判長は「土地の取得自体には市長による裁量権の逸脱は認められず、不動産鑑定士の裁量の範囲内におさまっている」と一転して住民の訴えを退けた。それでも判決のなかで、「鑑定はやや高額ではないかと考えられる」「政治的に対立していた前市長に市長が土地の購入見込額を伝えていたことは協力を得たいという思惑があったことが推認され、適正な手続きを進める上で問題がある。地方自治法などの趣旨に反するというべきだ」などと疑義の残る買収だったことを付け加えている。

その一方で、不動産鑑定士が政治家や企業、時には役所から不当な鑑定を出すよう依頼される事態が相次いでいる。日本不動産鑑定士協会連合会は、これを「依頼者プレッシャー」と定義し、不動産鑑定士の独立性を損なうものとして、「依頼者プレッシャー通報制度」を創っている。しかし、圧力に負ける鑑定士が後を絶たないという。

長いものには巻かれろ。要領の良い鑑定士が儲ける——桝本の鑑定作業は、そうした業界の風潮に一石を投じるものになった。

独立する以前のことだが、桝本は勤めていた不動産会社で、依頼者から「土地評価を高く見積もってくれ」と頼まれて、「できません」と断ったことがある。

「土地が暴落したらどうするんですか」

「やってくれよ。上司に言うぞ」

そんなやりとりの後、会社に言いつけられ、ラインの課長から降格された。理不尽な出来事だったが、どっちを選ぶかと言われて、専門職業家としての良心を選んだのだからしようがないと考えた。自分を降格したあの不動産会社はなくなってしまった。でも、自分は地図に残る仕事を支え、こつこつと生き抜いている。

父は革製品のメッカだった浅草で店を開き、誠実であることを大事にした。戦火を潜り抜け、おかしいと思うことをおかしいと言った父のように、自分も鑑定士の一分を通していければいいと思っていたが、今は新たな意地にも支えられている。

この二〇二一年四月に前述の五輪選手村用地をめぐる住民訴訟で証人尋問に呼ばれた。桝本はその法廷で「調査報告書は（土地をあまりに安く評価していて）適正でない」と主張した。その後、東京都側の代理人弁護士から、〝桝本鑑定〟は選手村という特殊要因を考慮していないと指摘され、「東京五輪は延期され、コロナ禍もあり（桝本が儲けるとしていた）企業連合の売り上げが上がっていないようだが、あなたの意見書（桝本鑑定）も間違っているということか」と問われたのである。

思わず、桝本は言ってしまった。

「最後の最後じゃないとわかりません。最後まで生きていて見届けたいと思います」

五輪マンションに商業施設、二棟の超高層タワーマンションを加えた晴海フラッグの完成は二〇二四年三月とされていたが、新型コロナウイルス禍のために五輪を含めたあらゆる日程が先延ばしされ、その行方は見通せなくなった。だが、その言葉で彼は、巨大な街づくりが終わり、収益確定を見届けるまで鑑定の第一線を退くことができなくなった。

実のところ、桝本は最近のこの国の在り様に幻滅していた。政治家だけでなく、官僚や大臣、総理までもが平気で嘘やごまかしを言って、国民がそれに慣らされてしまった。父母が大事に思っていた国の形が崩れようとしているのではないか、とも懸念している。

桝本が若いころ、劇作家や歌人として一世を風靡した寺山修司がこんな歌を残している。

〈マッチ擦るつかのま海に霧ふかし身捨つるほどの祖国はありや〉

ここは鑑定の正義が通る国なのか、自分にとって身捨つるほどの祖国なのか、しぶとく生きてそれを確かめなければならない、と桝本は思う。

清武英利（きよたけ・ひでとし）

1950年宮崎県生まれ。立命館大学経済学部卒業後、75年に読売新聞社入社。社会部で警視庁、国税庁を担当し、2001年より中部本社社会部長。東京本社編集委員などを経て、04年8月に読売巨人軍球団代表兼編成本部長。11年11月、専務取締役球団代表兼GM・編成本部長・オーナー代行を解任され係争に。現在はノンフィクション作家。14年に『しんがり 山一證券最後の12人』で講談社ノンフィクション賞受賞、18年には『石つぶて 警視庁 二課刑事の残したもの』で大宅壮一ノンフィクション賞読者賞受賞。その他『トッカイ 不良債権特別回収部』（いずれも講談社文庫）、『プライベートバンカー 完結版 節税攻防都市』（講談社＋α文庫）、『奪われざるもの SONY「リストラ部屋」で見た夢』（同）、『サラリーマン球団社長』（文藝春秋）など著書多数。

後列《こうれつ》のひと
無名人《むめいじん》の戦後史《せんごし》

2021年7月30日　第1刷発行

著者　清武英利《きよたけひでとし》
発行者　大松芳男
発行所　株式会社 文藝春秋
〒102-8008
東京都千代田区紀尾井町3-23
電話　03-3265-1211（代表）

印刷所　理想社
付物印刷所　大日本印刷
製本所　大口製本

ISBN 978-4-16-391404-6